Racconti gialli arcobaleno

di Ernesto Gastaldi

https://www.ernestogastaldi.com

Questi racconti nascono come soggetti
cinematografici
ma sono rimasti sulla carta

LA PARENTESI
(Personal Inferno)

-questo racconto fu scelto dal regista Lucio Fulci e con Walter Brandi iniziammo a sceneggiare, poi la vita ebbe il sopravvento-

Gloria non aveva niente di particolare da fare in città, perciò per lei un posto valeva l'altro.

Da quando aveva lasciato Newton Highlands, il Massachusetts e l'America, andava in giro con la sua chitarra e quando le capitava suonava in qualche locale di provincia. Tuttavia da un paio di settimane le cose le andavano particolarmente male, per questo aveva accettato di dare una mano a Marcel in cambio di un centinaio di dollari.

Sembrava una cosa facile: lei doveva stare in macchina col motore acceso e prendere a bordo Marcel dopo che lui avesse arraffato un po' d'oro dalla bacheca di una gioielleria.

Le cose però non erano andate come previsto. Era suonato un allarme ed era arrivata una macchina della polizia. Dentro al negozio qualcuno aveva sparato. Gloria era scesa dall'auto, approfittando della confusione, e se l'era filata a piedi con la sua chitarra.
Per questo ora si trovava su quella strada statale a fare l'autostop.

Alzò il pollice al passare di un'auto che non rallentò. Non era una strada molto frequentata, forse era meglio tagliare per la campagna sperando di arrivare all'autostrada prima che facesse scuro. Attraversò la strada ma faceva troppo caldo per camminare. Agitò la chitarra verso un camion che tirò dritto rombando e costringendola a fare un balzo indietro.

Quel bastardo di Marcel probabilmente era in carcere, o forse l'avevano addirittura ucciso. Per lei magari sarebbe stata la soluzione migliore, perché non le avrebbe mai perdonata di essere scappata lasciandolo nei pasticci.

La Mercedes coupé si fermò davanti a lei senz'alcun rumore di freni facendola sobbalzare, come se fosse apparsa per magia sulla strada. Si avvicinò alla lucida carrozzeria nera trascinandosi la chitarra mentre i vetri elettrici si abbassavano: si sentì di colpo stanca e decise che avrebbe accettato qualunque cosa pur di mettere il culo su quegli interni di vera pelle.

Si trovò davanti la faccia sorridente di Dottie: bocca ben disegnata, capelli ben pettinati, occhiali scuri avvolgenti. Era raro che si fermasse una donna, una come quella poi, che puzzava soldi da ogni centimetro di pelle, pin praticamai.

-Vuoi un passaggio o mi fai una serenata?- l'interpellò ridendo Dottie levandosi gli occhiali e mostrandole due occhi scuri e ridenti.

Gloria aprì la portiera e si lasciò andare sul grande sedile che la accolse in un abbraccio sensuale:

- L'uno e l'altra se vuoi. - le rispose cercando di mantenersi all'altezza.

Dottie rise e le disse che poteva mettere la chitarra sul sedile posteriore e abbassare lo schienale se voleva riposare. Gloria la ringraziò: doveva proprio essere evidente che era stanca. Si diede un'occhiata nello specchietto di cortesia incollato sul retro del parasole: aveva le occhiaie e i capelli ricordavano più un pagliaio che un parrucchiere, tuttavia nell'insieme poteva gareggiare con quella fottuta riccona. Anche i suoi occhi erano scuri e un tempo erano stati ridenti.

-Posso?- chiese prendendo gli occhiali da sole dell'altra. Dottie annuì, già annoiata e pescò una pillola azzurra dal portaoggetti inghiottendola con un sospiro. Gloria si mise gli occhiali e si sistemò i capelli con le dita: ecco, adesso, di spalle in una notte buia avrebbe potuto sembrare anche lei una porca allevata col cucchiaino d'argento.
Dottie diede un'occhiata a Gloria mentre premeva sull'acceleratore:

- Ti stanno bene i miei occhiali. Te li regalo. - pizzicò un'altra pillola- Ne vuoi? E' roba buona.
- Non ne dubito- rispose Gloria più acida del voluto- qui tutto è roba buona.

Dottie rise troppo forte e si ficcò in bocca la pillola. Fece spallucce e premette di più sull'acceleratore.
Il coupé scattò in avanti e le ruote fischiarono nella curva. Gloria si dovette aggrappare. Cercò di mostrarsi spiritosa:

- Non ho fretta.- disse.

Dottie rise di nuovo e pescò una terza dose dal portaoggetti. Gloria pensò che stava esagerando ma non erano affari suoi: se quella dannata miliardaria voleva sfondarsi insieme a quel gioiello di macchina non sarebbe stata una povera stronza autostoppista con chitarra a cambiare le cose. Decise di rilassarsi contro lo schienale:

-...tanto è una vita di merda.- concluse a mezza voce, dando involontario suono ai suoi pensieri.
-Perché?- chiese Dottie. Gloria non le rispose. Pigiò sul freno con forza e l'auto si bloccò con un urlo di pneumatici bruciati. Gloria si trovò aggrappata al cruscotto, con gli occhiali da sole incastrati sulla faccia.

Dottie sbuffò e diede di nuovo gas:

- Vedi che puttanata questi air-bag! E' tutto il giorno che faccio delle gran frenate e non si gonfiano mai. Mi sa che dovrò schiantarmi contro un palo per provarli. Perché di merda?

Gloria faticò a riprendere il filo del discorso e Dottie la guardò seccata:

- La vita, dico.
- Ah. Così. La mia è di merda.
- Finalmente una che sa spiegarsi. Sei pratica della costa qui intorno? Io ho una villa da qualche parte sulla scogliera ma non ci sono mai andata. L'ho comprata qualche mese fa da un tizio che adesso è morto.
- Attenta!- urlò Gloria perché vide Dottie puntare dritto contro il muso di un camion che stava venendo nella direzione opposta. Dottie zigzagò evitando lo

scontro frontale e sollevando un effetto doppler di clacson che sembrò un insulto lamentoso.

- Ho suonato un po' dappertutto qui intorno: marina, villaggi turistici, piani bar. Questa zona è piena di merdose ville strafiche. Come troverai la tua, Pollicina?

Dottie le mise sulle cosce una cartina e la sua mano si attardò più del necessario sulla sua pelle abbronzata. Gloria non ci fece caso: sulla carta c'era un punto rosso con una freccetta e la scritta Nike.

- Nike?- chiese Gloria.
- Vuol dire vittoria. E' il nome della villa.
- E tu ci vai per la prima volta?

Dottie annuì accelerando per sorpassare una Jaguar metallizzata coi vetri a specchio che subito accelerò in risposta.

- E non conosci nessuno?

Dottie fece di no con la testa, ci andava proprio per questo e stare qualche giorno in pace, rispose già distratta e tesa nel non farsi raggiungere dalla Jaguar metallizzata. Accelerò ancora e affrontò un paio di curve al limite della tenuta di strada facendo urlare le gomme.

Due poliziotti in moto sbucarono da un viottolo laterale accendendo le sirene e si lanciarono all'inseguimento.

Gloria si aggrappò al maniglione sopra la portiera e urlò di rallentare che dietro avevano la polizia. Dottie le diede uno sguardo di disprezzo:

- La polizia è per i poveracci come te. Io vado in culo alla polizia...- e accelerò ancora.

Imboccò un rettifilo a duecento all'ora e le moto dei due agenti restarono indietro. Dottie rise eccitata. Gloria le mise una mano su un braccio e le gridò:

- Ferma. La poveraccia vuole scendere.

Dottie si liberò con uno strattone, gli occhi accesi, esaltata:

-Tu vuoi? Tu non vuoi un cazzo. - rise della sua battuta volgare e affrontò la curva tenendo il volante con una mano sola.

L'auto cominciò a perdere aderenza con l'asfalto. La donna tolse il piede dall'acceleratore e pigiò sul freno: la vettura sbandò e poi fece due volte testacoda, divelse sei metri di guardrail e si schiantò urtando lateralmente contro un albero.
Gloria urlò vedendo il mondo vorticare per due volte e chiuse gli occhi mettendosi un braccio davanti al viso.

Quando tutto fu silenzio si scosse dalla polvere di vetro del parabrezza esploso nell'urto e riaprì gli occhi: Dottie non c'era più. Dalla sua parte anche lo sportello era scomparso.

Gloria riuscì a lasciare quella lamiera contorta e si guardò intorno: lo sportello giaceva sul ciglio della strada. Corse da quella parte.
Il corpo di Dottie galleggiava, a faccia in giù, nell'acqua pigra di una marrana che lo stava portando via.

Il suono delle sirene dei poliziotti la fece voltare: non doveva farsi prendere dalla polizia! Forse Marcel aveva fatto il suo nome e l'avrebbero messa in una cella per chissà quanto tempo. La testa le faceva un gran male per la botta e vide il mondo diventare nero.

Qualcuno la sorresse e si trovò a guardare due occhi azzurri e sorridenti. Il poliziotto fu molto gentile e la aiutò a sedersi ai piedi di un albero.

-Lei andava davvero troppo forte, signorina. Può essere contenta di essere viva. Niente di rotto, vero?

Gloria scosse il capo. L'altro poliziotto stava ispezionando l'auto di Dottie e trovò una borsetta e la chitarra.
Gloria fece un gesto di protesta per la chitarra che sembrava intatta e il poliziotto dagli occhi azzurri equivocò e le sorrise:

- Dobbiamo vedere i suoi documenti. Sono nella borsetta? Possiamo prenderli?

Gloria guardò il giovane uomo senza capire, poi si portò una mano sulla fronte. Il poliziotto annuì al collega che pescò nella borsetta un rotolo di dollari, fece una smorfia e li ributtò dentro, poi la sua mano emerse con la patente di Dottie. Diede appena un'occhiata a Gloria, controllò il bollo e la passò all'altro. Nessuno dei due badò alle differenze, del resto poco visibili, tra la fotografia un po' logora di Dottie e la faccia di Gloria. L'agente con gli occhi azzurri si accovacciò davanti alla donna sorridente:

- Io mi chiamo Gerald. Gerald Dershin. Se la sente di alzarsi signorina Fraser?

Gloria cercò di protestare ma Gerald le offrì le mani come appiglio per alzarsi:

- Coraggio, è tutto passato e le andata bene. Adesso chiamiamo un'auto via radio e così lei può tornare a casa.
- Non stavo andando a casa.- Gerald sbirciò di nuovo la patente. L'indirizzo era Evanston, Chicago, Illinois. Le sorrise più che amichevole e Gloria le disse quello che Dottie aveva detto a lei.

- La villa Nike! Conosco il posto!- si voltò verso l'altro poliziotto- Ti ricordi di Mirko? Quello che lavorava al Majestic? Hanno assunto lui poche settimane fa, lui e la moglie, li hanno assunti tramite un'agenzia. Son settimane che lustrano quella casa aspettando di conoscere la loro nuova padrona.

Gerald guardò Gloria un po' intimidito. La ragazza si alzò e sorrise. Il mal di testa le stava passando. Quei due l'avevan presa per Dottie Fraser, quella strafica miliardaria. Meglio così.

Gerald chiamò un'auto via radio mentre Gloria diede un'occhiata alla borsetta di Dottie: c'erano varie carte di credito, il rotolo di dollari e in una tasca ventimila franchi.

- Chiamerò io il carro attrezzi e farò portare quel che resta della sua auto in un'officina. Credo che le converrà accettare un'offerta come rottame.

Gloria alzò le spalle e Gerald annuì triste: certo a una come lei non doveva fregare nulla di aver distrutto quella gran bella macchina.

Non ci fu verso per Gloria di liberarsi del poliziotto dagli occhi azzurri. Gerald insistette per accompagnarla con l'auto fino alla villa e presentarla personalmente a Mirko e a sua moglie Maria come la loro nuova padrona di casa.

Alla villa, una sontuosa costruzione al centro di un grande parco, Gloria ebbe un momento di imbarazzo, ma si riprese subito. Dottie le aveva detto di non essere mai stata là e la coppia di camerieri era stata assunta da poco: non potevano smascherarla.
Gerald consegnò a Mirko le due valige di Dottie che aveva recuperato intatte nel bagagliaio dell'auto, Gloria si preoccupò della sua chitarra pizzicandole le corde che suonarono un accordo perfetto. L'agente guardava Gloria con l'espressione di chi intravede un paradiso impossibile e quando la ragazza lo

ringraziò, riuscì a balbettare la richiesta di un permesso per venirla a trovare di tanto in tanto, per controllare che si trovasse bene.
Gloria avrebbe voluto dire no, ma non poteva dispiacere a un poliziotto.

Mirko e Maria erano simpatici, di mezza età, cordiali e comunicativi.
Si felicitarono con grandi esclamazioni di approvazione che una donna bella e ricca come lei avesse comprato quella stupenda villa in uno dei posti più belli della costa.

Dal terrazzo della villa il panorama era davvero suggestivo: il verde degli alberi arrivava fin quasi al blu del mare in un rincorrersi di piccoli golfi punteggiati da ville e piccoli paesi.

Mirko e Maria le prepararono una stanza d'angolo con vista sul golfo e le disfecero le valigie piene di vestiti costosi e biancheria raffinata.

Maria vuotò il beautycase allineando davanti alla specchiera della toilette profumi e ciprie e le disse che, se voleva riposare, la cena sarebbe stata servita alle otto.

Sotto la TV c'erano dei DVD. Nessun libro.

Rimasta sola Gloria si spogliò e si mise sotto il getto caldo della doccia. Tutt'intorno un complicato gioco di specchi ripeteva la sua immagine. Più tardi, nuda davanti ad una delle specchiere appannate, cominciò a meditare sulla propria situazione tracciando disegni con le dita che la mostravano un po' alla volta a se stessa. Quella situazione non avrebbe potuto durare.

Presto qualcuno avrebbe trovato il cadavere della vera Dottie Fraser e allora, chissà, l'avrebbero accusata d'omicidio. Certamente di mancato soccorso e di occultamento di cadavere. Avrebbe dovuto andarsene subito, si ripeteva, e rimettersi in mezzo alla strada con la chitarra a tracolla.

Però quel posto era così bello e pieno di pace, così lussuoso ed era così piacevole vedere la riverenza negli occhi di Maria mentre le diceva che la cena sarebbe stata servita alle otto. Anche il bagno era lussuoso, con tanto oro e rococò, e il letto sontuoso le ricordava una qualche Versailles cinematografica.

- Per una notte non succederà niente...- si autoconvinse facendosi le boccacce allo specchio- Per una notte farò la strafica miliardaria.

Aprì tutti i profumi, le creme, le ciprie. Un cofanetto conteneva le pillole blu con cui Dottie si dava la carica. Ci giocherellò un poco con quel cofanetto e poi decise che, visto che era per una sola sera, tanto valeva godersi tutto e ne inghiottì un paio. Prese un DVD e lo infilò nel lettore sotto al televisore. L'avviò: era un promo recitato da Dottie Fraser a proposito di una finanziaria delle Bahamas. Bei paesaggi, un grattacielo e Dottie che firmava contratti di mutui che ella definiva con smaglianti sorrisi e generose scollature, "molto convenienti".

Infilata in uno degli abiti di Dottie, Gloria si stava godendo la gioia di una cena ben preparata e servita negli argenti al lume di candela davanti al mare punteggiato di lampare, quando una scampanellata la fece sussultare.

- La signora attende qualcuno?- chiese Maria. Gloria scosse il capo spaventata.

Mirko andò ad aprire e Gloria sentì, con la morte nel cuore, delle voci allegre avvicinarsi. Adesso sarebbe stata scoperta!

- Due suoi ammiratori, signorina Dottie- annunciò Mirko - i signorini Winkelsman.

Si fece di lato ed entrarono Minou e Klaus. Gloria li fissò pallida e immobile. Klaus abbozzò un inchino mentre Minou, bruna e bellissima, si avvicinò tendendole le mani:

- Ho sentito tanto parlare di lei che non mi pare vero di incontrarla! Appena ho saputo da Maria che era arrivata la padrona della villa mi sono precipitata qui. Mi scusi per l'intrusione. Mi chiamo Minou e scrivo su una rivista di moda locale. Ho letto il suo articolo su Vogue. Assolutamente perfetto.

Gloria prese le belle lunghe mani di Minou fra le sue e non oppose resistenza all'abbraccio della sconosciuta che le presentò Klaus come il suo "fratellino". Klaus sorrise, si chinò a baciarle la mano e gli occhi scuri brillarono di interesse.

Gloria ne fu deliziata e lasciò esplodere il suo sollievo per non essere stata riconosciuta insistendo perché cenassero con lei, con un'eccitazione che tradiva l'effetto delle due pillole blu.
Minou volle che Klaus le scattasse una foto con la grande Dottie Fraser e Gloria si prestò divertita.

Fu una strana serata. Minou e Klaus erano divertenti, spiritosi e liberi da ogni tipo di remora o di pregiudizio. A volte sembravano più amanti che fratello e sorella e forse lo erano. Minou accarezzò le gambe di Gloria col polpastrello di un solo dito e Gloria ebbe un brivido.
Minou la avvolse in un sorriso radioso e le sussurrò che anche lei trovava nell'appagamento sessuale il massimo del godimento possibile in questa valle di lacrime, proprio come sosteneva lei nel suo articolo su Vogue.

Gloria, ogni volta che il discorso cadeva su fatti del passato di Dottie, che ovviamente ignorava, cercava di non dare risposte ma Minou pareva aver captato questa sua debolezza perché ci tornava sopra e la fissava con quei suoi occhi profondi e sensuali che la turbavano. Klaus brindò a Dottie Fraser nella sua qualità di propugnatrice del libero amore.
Gloria rise e non si oppose all'improvviso bacio di Klaus che la strinse tutta a sé, accarezzandole il collo.

A quanto pareva la vera Dottie Fraser era ritenuta una delle più grandi scopatrici dei Due Mondi e i baci e le carezze di Klaus erano eccitanti e travolgenti.

Klaus prese a baciarla per tutto il corpo e Gloria si abbandonò nonostante la presenza di Minou, che dal canto suo guardava affascinata la seduzione del fratello.

L'alba li sorprese spossati e Gloria fu lieta di poter infilarsi sotto la coperta di seta del suo grande letto regale.

La svegliò Maria che era quasi mezzogiorno portandole una coloratissima colazione a letto: tra frutta, fiori, succhi e caffè il grande vassoio d'argento sembrò una cornucopia d'abbondanza agli occhi trasognati di Gloria che stentò per alcuni secondi a riprendere il filo dell'avventura. Poi ricapitolò mentalmente: quella Dottie oltreché miliardaria doveva anche essere una gran troia. Ma forse tutti i ricchi sono così, se uno può fare tutto finisce che si annoia.

Decise che si sarebbe "annoiata" almeno per un altro giorno e mangiò con voracità. Con un semplice colpo di telefono e il numero di una delle carte di credito di Dottie ottenne che le portassero uno spider rosso e indossò un abito di seta dello stesso colore dal taglio sapiente e si accinse a vivere la sua giornata da miliardaria.

-Una chiamata per lei da Chicago. - le sorrise Maria portandole il telefono cellulare fin dentro il bagno. Troppo tardi per far dire che non c'era. Dovette rispondere.

- Hellò...-

Una voce d'uomo, bassa e profonda, le disse:

- Qui han paura che sia inutile scappare così. Pensano che ti troveranno. Comunque se ce la fai a sparire per un po' magari riusciamo a sistemare tutto. Poi c'è quello stronzo di Drenel, il banchiere, a cui stan cedendo i nervi. Abbiamo paura che parli. Qui vorrebbero usare il solito sistema.
- Il solito? Ah sì, il solito... va bene...- bofonchiò Gloria.
- Sei una gran figlia di puttana - rise lo sconosciuto da Chicago e aggiunse - Leggi i giornali domani.-
Gloria sentì che aveva riattaccato.
Chissà in quali impicci era immersa la vera padrona di quella villa.

I Winkelman se andarono col motoscafo che avevano lasciato attraccato al molo davanti alla villa e con la promessa di rivedersi presto. Gloria si mise al volante dello spider e puntò verso la città: ormai per la polizia lei era Dottie Fraser.

Mentre percorreva a passo d'uomo il lungomare, capelli mossi dalla brezza marina, occhiali scuri bene inforcati, godette dell'ammirazione della gente: per la macchina, per lei, per la ricchezza che emanava l'insieme.
Aveva l'esaltante sensazione del potere. Fermò l'auto davanti all'hotel Majestic e fece un cenno ad un inserviente che subito accorse premuroso. Gli disse

di parcheggiarle l'auto e gli voltò le spalle senza attendere risposta.

Ora guardava le vetrine lussuose in modo nuovo, con la coscienza di poter comprare "quelle" cose. Entrò da un gioielliere e si comprò un Cartier. Se lo mise orgogliosa al polso. Entrò in una banca, esibì una delle carte di credito di Dottie, chiese e ottenne mille dollari in contanti. Entrò in un negozio di alta moda e scelse sei vestiti ordinando che glieli mandassero alla villa.
Si fermò contro la balaustra, davanti al mare. Le spiagge erano piene di gente, il porto lussureggiava di grandi yacht: ma dove era vissuta lei fino ad oggi? Chiuse gli occhi e offerse la faccia la sole, godendo dell'essere come sanno fare solo i bambini.

- Sei bellissima così...

Gloria sobbalzò e aprì gli occhi mentre le labbra calde di Minou le sfioravano il collo. Rise imbarazzata e Minou la prese sottobraccio: la notte precedente era stata la più esaltante della sua vita. Mentre parlava le accarezzava il braccio e Gloria e si staccò da lei con un movimento brusco:

- Io non sono una fottuta lesbica. - Minou la guardò sorpresa poi scoppiò a ridere come se avesse detto chissà quale amenità.
Gloria cominciava a seccarsi. Si levò gli occhiali per guardare dritto negli occhi Minou ma non riuscì a dire nulla perché una voce maschile la gelò:

- Ma guarda chi si vede! La mia cara Gloria!

Con tutto il controllo che poté esercitare su di sé nell'udire quella voce, Gloria si rimise gli occhiali e si voltò.
Marcel si fermò titubante e questo bastò a Gloria per rispondere senza alcuna intonazione:

- Se si rivolge a me sbaglia persona. In tutti i sensi, buon uomo.

Fu quel "buon uomo" pronunciato con aristocratico disprezzo e il taglio del vestito, il luccicare del Cartier e l'aria di ricchezza che avvolgeva Gloria, a far esitare Marcel che prese a passarsi una mano sul petto e poi sul mento continuando a fissare la donna. Tentò:

- Eppure tu sei Gloria...- poi corresse- Tale e quale.
- Non credo che sia un complimento. - tagliò corto Gloria prendendo per un braccio Minou e avviandosi senza più curarsi di Marcel.
- E Klaus?- chiese a Minou per rompere l'aria di imbarazzo.
- Al lavoro.
- Che lavoro fa?- domandò e Minou rise di nuovo in quel suo strano modo esagerato.

Gloria tornò a prendersi l'auto nel tardo pomeriggio e diede venti dollari all'inserviente che si inchinò tre volte: "sei dollari e sessantasei cents per inchino" pensò Gloria e non le sembrò affatto caro. Le piaceva tremendamente la gente che le faceva gli inchini ma doveva interrompere la fiaba. Quel porco di Marcel l'aveva riconosciuta e non avrebbe mollato l'osso. L'aveva vista ben vestita e in grana, avrebbe cercato di attaccarlesi addosso come una sanguisuga: "la mignatta della mignotta " pensò e il gioco di parole la fece ridere mentre il vento della corsa le gonfiava i capelli.

Si sentiva felice, forse era la pillola blu che aveva inghiottito prima di uscire.

Frenò bruscamente davanti alla villa: c'era un'auto della polizia nel giardino. Si sentì perduta. Avevano certo trovato il cadavere di Dottie. Innestò la marcia indietro per fuggire ma dall'auto scese Gerald, il poliziotto dagli occhi azzurri, e la salutò con la mano:

- Signorina Dottie, mi deve firmare il verbale per l'incidente di ieri!

Gloria spense il motore e scese. Se continuava a chiamarla Dottie poteva ancora sperare di farla franca. Gerald si offrì di accompagnarla nell'officina dove aveva fatto rimorchiare il relitto dell'auto: una brutta botta, il carrozziere offriva solo cinquemila franchi. Gloria rispose che era stanca e Gerald ci rimase male.

- Senta, lei è un angelo, ma io non mi sono ancora del tutto ripresa dallo shock. Magari un altro giorno eh?- gli sorrise e Gerald si illuminò felice.

Gloria si era già voltata per andare nella villa quando un'idea improvvisa la colpì e fece un cenno al poliziotto:

- Succede mai niente di grave da queste parti? Che so, morti ammazzati, roba così.
- Abbiamo avuto degli atti terroristici. Ma a parte quelle cose lì un mese fa un marito ha ucciso la moglie. L'anno scorso invece c'è stato un regolamento di conti tra bande criminali: tre morti. Perché?
- Niente. Un tizio mi ha dato fastidio oggi in città.

Gerald tirò fuori penna e taccuino per avere un identikit, promettendo alla donna un'azione immediata e risolutiva. Era così dolcemente patetico nella sua ansia di compiacere che Gloria gli sorrise materna.

- Non importa. Se mi darà ancora fastidio glielo dirò.
- Mi chiami a qualunque ora del giorno e della notte. Ecco questo è il numero di casa mia e questo della Centrale. Ad ogni ora del giorno e della notte.

Gloria decise che poteva osare. Andò sul civettuolo e gli disse che aveva fatto un brutto sogno dopo l'incidente. Aveva sognato di essere affogata in una roggia, l'acqua era bassa ma non riusciva ad alzarsi.
Gerald annuì comprensivo: è un classico dei sogni quello di non riuscire a fare le cose facili per questo i sogni diventano angosciosi.
Gloria lo salutò e si diresse verso la villa: nessuno aveva ancora trovato il corpo di Dottie. Ma l'avrebbero trovato e quindi era meglio tagliare la corda.

Andò in camera a prendere la chitarra e la borsetta col denaro di Dottie. Sarebbe scappata con lo spider oltre confine e poi l'avrebbe abbandonato da qualche parte. Si trovò Maria davanti, così inaspettatamente che urlò. La cameriera le diede un'occhiata sorpresa e poi le disse:

- E' venuta una donna a cercarla nel pomeriggio. Ha detto di chiamarsi Gloria.-

Gloria restò un momento a fissare il viso sereno di Maria alla ricerca di qualche segno diabolico. Poi si scosse e le disse che avrebbe preso l'auto, cenato fuori, che sarebbe tornata tardi e di non aspettarla.

- Con la chitarra, signora?- domandò Maria.

Gloria buttò la chitarra sul letto riuscendo a sorridere. Poi uscì in fretta e Maria le fece un lieve inchino.
Si affrettò verso lo spider spiando tra le prime ombre della sera che si addensavano sotto le folte chiome degli alberi del giardino. Si sedette al volante e allungò la mano per girare la chiavetta dell'accensione: ma le chiavi non erano nel cruscotto. Una mano d'uomo l'afferrò da dietro chiudendole la bocca mentre con l'altra le fece spenzolarle le chiavi dell'auto davanti al volto.

- Cercavi queste, Gloria?

Vide il volto di Marcel riflesso nello specchietto retrovisore. L'uomo ghignava soddisfatto. Allentò la stretta e raccontò di aver sparato sui poliziotti che se l'eran fatta sotto ed era corso in strada. Peccato che lei non ci fosse più, fortuna che aveva lasciato almeno l'auto ed era riuscito a scappare inseguito da qualche raffica di mitra che aveva bucato il serbatoio. Dopo cinque chilometri era fermo ma se l'era data a gambe.

Gloria cercò di giustificarsi ma Marcel fu generoso: nessuna scusa, in quei momenti non tutti sanno tenere a posto i nervi. Piuttosto che fine aveva fatto fare alla vera Dottie Fraser? Quello sì che avrebbe potuto interessare la polizia visto che lei ne aveva preso il posto e i soldi.

Gloria le disse dell'incidente ma Marcel rise: che stronzata di alibi! Qual era la verità? Cercava di scappare con la macchina di Dottie quando era arrivata la padrona e le aveva dato un esagerato colpo in testa con la chitarra?

- Che vuoi?- gli chiese piena di rabbia.

Marcel si strinse nelle spalle: che può volere un uomo che scopre che la sua socia ha fatto carriera? Dividere il denaro e la felicità.

Gloria lo guardò furibonda e gli intimò di andarsene. Marcel sorrise accondiscendente: questo si poteva trattare ma le sarebbe costato un bel po' di verdoni. Gloria saltò giù dall'auto e affrontò Marcel senza alzare la voce ma con una determinazione nuova:

- Attento, piccolo cialtrone bastardo. Tu non stai più minacciando quella poveraccia di Gloria, tu stai minacciando Dottie Fraser che ha ben altro potere.

Marcel annuì, messo a disagio dalla fermezza di Gloria. Spalancò le braccia assumendo l'aria più innocente che gli fu possibile: se proprio non era gradito se ne sarebbe andato con cinquantamila dollari, una sciocchezza per Dottie Fraser...

Gloria cercò di riprendersi le chiavi dell'auto ma Marcel si ritrasse:

- Se pensi di potertela filare ti sbagli.

Gloria tornò nella villa: rabbia e paura diedero uno strano suono alla sua voce quando urlò con imperio a Maria di aver cambiato idea e che avrebbe cenato a casa.

Corse su per la grande scala di marmo ma si bloccò sul pianerottolo: qualcuno stava suonando la chitarra. Guardò verso la cucina e vide Maria intenta ai fornelli. Si avvicinò alla porta della sua stanza e il suono cessò. Mise la mano sulla maniglia, esitò e poi spalancò l'uscio con forza: la sua chitarra era sul letto e le tende della portafinestra che davano sul terrazzo sembravano spinnaker gonfi di vento, ma nella stanza non c'era nessuno. Corse in terrazza: nessuno neppure lì. Si affacciò e vide nel giardino Mirko intento a potare un albero arrampicato su di una scala.

Il tramonto arrossava il mare calmo tingendolo di sangue. Un motoscafo puntava verso la villa e Gloria riconobbe a prua Minou col suo bel fratello.

Un rumore di vetri infranti proveniente dal bagno la fece sobbalzare. Corse dentro, attraversò la camera e aprì la porta del bagno: una bottiglia di profumo giaceva frantumata sul pavimento.

Gli specchi moltiplicarono la sua immagine ma non c'era nessuno. Gloria si accorse che qualcosa mancava sulla grande mensola della toilette: il cofanetto delle pillole era sparito!

Controllò le ciprie, le creme, i profumi: quel cofanetto non c'era più. Alzò gli occhi sulla specchiera e urlò di terrore: riflessa nel gioco degli specchi per una frazione di secondo le sembrò di vedere il volto di Dottie!

Scostò la porta a specchi della doccia, gli occhi colmi di paura, ma non c'era nessuno. Corse fuori, afferrò la chitarra ma la porta della stanza si aprì e levò la chitarra in alto per difendersi. Di nuovo si trovò davanti a Maria che la guardò incuriosita.

- Sono arrivati i signori Winkelsman. Apparecchio per tre, signora Dottie?
- No. Non voglio vedere nessuno. Li mandi via e poi chiuda tutte le porte.

Maria le diede un'occhiata critica ma si inchinò ed uscì. Gloria girò due volte la chiave nella toppa. Si sentiva in trappola. Vide il telefonino poggiato vicino al letto e si frugò in tasca alla ricerca del bigliettino datole da Gerald, il poliziotto. Lo trovò e fece il numero. Cercò di mantenere la voce tranquilla e gli disse che stava aspettando una sua amica che doveva arrivare da Parigi e che tardava troppo. C'era stato qualche altro incidente? Gerald, emozionato per la chiamata, assicurò a Gloria che non c'era stato nessun incidente, almeno nella sua zona ma che ora avrebbe fatto un fonogramma per avere notizie su tutti gli incidenti dello Stato.

Gloria gli disse che non era necessario, ringraziò e chiuse la comunicazione. Spense la luce e uscì sul terrazzo per spiare il giardino buio: Marcel era sempre là?

Il motoscafo dei Winkelsman dondolava legato ad una bitta del molo privato. Non se n'erano ancora andati. Che cosa aspettavano?

Il telefonino emise il suo trillo allegro e Gloria tornò dentro. Esitò prima di rispondere:

- Chi parla?

Rispose una voce di donna senza intonazione:

- C'è un televisore lì intorno?
- Sì...
- Accendi. Stanno dando la notizia.- Clik.

Gloria si precipitò a pigiare i bottoni del telecomando. C'era il telegiornale e stavano inquadrando il ponte di Notre Dame di Parigi visto da sotto. C'era delle fotoelettriche che illuminavano dei poliziotti che portavano via il corpo d'un uomo mentre lo speaker diceva "...potrebbe essere un suicidio anche se i primi commenti sono molto scettici. Uno che si vuole ammazzare difficilmente va ad impiccarsi sotto al ponte di Notre Dame.

Il banchiere Drenel si trovava in grave situazione finanziaria da quando la Commissione degli Esteri lo aveva incriminato per sospetto traffico d'armi con Damasco. Implicato in un vasto traffico di riciclaggio di denaro sporco con il coinvolgimento di grandi banche americane e molte società finanziare tra le quali, pare, alcune facenti capo alla ben nota Dottie Fraser che da due giorni sembra essersi volatilizzata. Domattina sia il banchiere Drenel che la Fraser avrebbero dovuto rispondere alle domande dei giudici. Forse qualcuno aveva preferito farli tacere per sempre. Ed ora lo sport. Oggi grande incontro di..."

Gloria spense il televisore. Si sentiva la testa scoppiare: il banchiere Drenel... dobbiamo fare come al solito? Le avevano chiesto. E lei aveva detto "Come al solito. Va bene..."
Quello era "il solito"? Qualcuno avrebbe fatto la pelle anche a lei? Di chi aveva preso il posto in quella maledetta villa?

Sentì il rombo del motore del motoscafo che si accendeva e corse fuori per chiamare Minou, adesso non voleva più stare sola. Alzò una mano e aprì la bocca per chiamare ma si bloccò: a poppa del motoscafo, ben illuminato dai faretti del molo, c'era Marcel e stava stringendo la mano di Klaus che poi scese a terra a fianco di Minou mentre il motoscafo si allontanava nella notte portandosi via il suo ex-complice.
Minou alzò lo sguardo verso il terrazzo e Gloria istintivamente si ritirò in una zona d'ombra. Vide che i due Winkelsman tornavano verso la villa.

Dopo qualche minuto Maria bussò alla porta della stanza e le disse che i signori Winkelsman insistevano per parlarle. Gloria disse che non si sentiva bene e che voleva dormire, ma la voce di Klaus, allegra, le arrivò da dietro l'uscio:

- Marcel ci ha detto tutto, cara. Per noi non cambia niente. Hai bisogno di aiuto e di parlare con qualcuno. Ti prego, apri.

Gloria girò la chiave due volte nella toppa e Klaus corse ad abbracciarla:

- Che avete detto a Marcel? Perché è andato via?
- Detto?- la irrise Minou - Gli abbiamo detto che l'assegno da cinquantamila dollari era pagabile al portatore, ecco cosa gli abbiamo detto.
- E anche che se tornava avremmo pagato qualcun altro per fargli girare le pale dell'elica nella pancia.- aggiunse Klaus ridendo.

Gloria cercò di sorridere ma aveva ancora paura. Klaus la tirò a sé e la baciò. Si aggrappò a lui disperata rispondendo al suo bacio e Klaus cominciò a spogliarla. Rotolarono avvinghiati sul letto.

Minou, gli occhi sgranati per l'eccitazione, cominciò a tirar giù la lunga cerniera lampo che aveva sul fianco del vestito.

Il giorno seguente il sole splendeva nel cielo senza nubi. Nel grande letto regale Gloria, Klaus e Minou dormivano, nudi tutti e tre. Gloria aprì gli occhi e guardò i due. Si alzò senza far rumore, chiuse gli occhi perché si sentiva sfinita. Raccolse il proprio vestito, le scarpe, la chitarra e aprì la porta per svignarsela ma la voce gelida di Minou la bloccò sulla porta:

- Un altro passo e ti sparo.

Minou impugnava una P38 puntandogliela contro. Nuda, con l'arma in pugno e il volto teso, Minou non sembrava scherzare. Si mosse anche Klaus che realizzò la situazione in una sola occhiata e disarmò la sorella con un sorriso tranquillo: che bisogno c'era di usare simili modi con Gloria? C'era ormai un patto fra loro e anche qualcosa di più caldo.

Klaus saltò giù dal letto e prese Gloria per mano, richiudendo la porta. Tremava dallo spavento e Klaus le fece correre un dito dalla gola fino al centro del seno. Gloria non poté controllare un brivido di piacere ma gli levò la mano con rabbia poi spalancò la porta e chiamò Maria. Nessuno rispose nella villa silenziosa. Guardò Klaus che ora le sorrideva con aria meno amichevole e richiuse la porta. Le spiegò in tono piatto che avevano creduto bene di licenziare Marie e Gerald e rimanere soli loro tre nella villa: dovevano fare un certo lavoro ed era meglio non avere testimoni.

- Quale lavoro?- chiese Gloria preoccupata. Minou si infilò una delle vestaglie di pizzo di Dottie e andò ad accendere il videoregistratore. Sullo schermo riapparve Dottie col suo promo. Gloria disse che l'aveva già visto ma Klaus le fece cenno di pazientare. Bloccò l'immagine là dove Dottie firmava un contratto di mutuo e sorrise: notato niente? Gloria scrollò le spalle irritata.

- Vedi, cara, la vera Dottie era mancina. Dovrai imparare a firmare con la sinistra, tesoro.

Gloria guardò i due: avevano saputo la verità fin dal principio? Minou scosse il capo, la prima sera no. Poi avevano fatto quella foto, ricordava? In redazione ne avevano trovata una della vera Dottie Fraser e c'erano un bel po' di differenze, quindi, a meno che si fosse fatta una plastica per nascondersi... però poi avevano visto il nastro e notato che lei non era mancina.

- La fotografia l'ho fatta pubblicare lo stesso però. Così avvaloriamo che tu sei Dottie! - terminò tutta contenta Minou mostrandole la copia di una rivista locale su cui spiccava la loro fotografia, quella che Klaus aveva scattato la prima sera, con una didascalia in cui si annunciava l'arrivo di Dottie Fraser nella sua villa e difficilmente qualcuno in Costa Azzurra avrebbe saputo dire che in quella foto non c'era la vera Fraser.

Gloria era confusa. Klaus le prese le mani fra le sue assicurandole che non avrebbero mai tradito quello che chiamò "il loro piccolo segreto".

Il racconto dell'incidente e della morte di Dottie sollevò gridolini di incredula allegria da parte di

Minou e di Klaus che non credettero a una sola parola, ma quando giurò che era la verità, Klaus le assicurò che quella "verità" a loro andava benissimo.

- Non mi denuncerete alla polizia?- chiese incerta e Minou e Klaus risero. E perché mai? Quel loro "piccolo segreto" sarebbe stato di grande vantaggio per tutti e tre.

Minou scese per preparare la colazione e Klaus trovò e stappò una bottiglia di champagne, ne offrì una coppa a Gloria e brindò:

- A te che sei diventata ricca e a noi che siamo i tuoi soli amici!
- Dobbiamo festeggiare!- disse Minou tornando col vassoio della colazione dove c'era anche una scatolina d'ebano piena di polvere bianca.

Offrì una cannuccia d'argento a Gloria che si ritrasse. Ma Minou insistette: non poteva rifiutarsi se glielo chiedeva lei!

Qualcosa nel tono di Minou non piacque a Gloria che obbedì e aspirò un po' di coca infilandosi la cannuccia nel naso. Minou aspirò a sua volta e Klaus ne prese un buon pizzico riempiendosi il cavo della mano sinistra tra pollice e indice per poi aspirare la droga con entrambe le narici.
Gloria non riusciva a tirarsi su e raccontò la storia della telefonata e della morte del banchiere Drenel. Minou fece spallucce accarezzandole il collo:

- Di che ti preoccupi? Quelle erano porcherie della vera Dottie... pensiamo a noi, tesoro..

Fermarono sul video l'inquadratura del promo di Dottie in cui si vedeva abbastanza bene la firma che doveva servire da modello per Gloria.
Klaus vuotò sul letto la borsetta di Dottie e frugò in ogni tasca. Si appropriò del rotolo di banconote, delle carte di credito e di un blocchetto di assegni.
Gloria protestò ma Klaus le disse che i soldi servivano per coprire l'assegno dato a Marcel, altrimenti sarebbe andato alla polizia o tornato con qualche compare per dar loro fastidio.

Klaus se ne andò in città e per ore Gloria si esercitò ad imitare la firma di Dottie mentre Minou le faceva la guardia curandosi le unghie.

Verso sera Gloria, stanchissima, era riuscita a scarabocchiare qualcosa di simile alla firma di Dottie Fraser ma era ben lontana dalla perfezione. Buttò la penna sbuffando. Minou controllò gli ultimi fogli poi, senza una parola, raccolse la penna e le ripiantò saldamente fra le dita della ragazza.

Un'ora dopo suonò il cellulare Rispose Minou, poi coprì il microfono con una mano: era una chiamata per Dottie da NewYork. Meglio far loro sentire sempre la stessa voce.

- Hello...- disse Gloria e le rispose la voce maschile profonda e bassa:
- Con chi sei?

- Un'amica...- L'uomo ridacchiò poi aggiunse in tono grave:
- Ce li hai addosso, bella. Dovunque tu sia ti conviene cambiare nascondiglio. Sono incazzati a morte. Vogliono sapere chi garantirà i loro crediti a Damasco e a Bagdad adesso che quello stronzo di banchiere è morto. Forse troveremo un accomodamento ma mi ci vuole almeno una settimana. Hai capito?
- Sì... una settimana...
- Se mi dici dove vai ti mando due dei nostri con le palle e...
- No.
- Come vuoi, Dottie. Se riesci a rimanere viva per una settimana forse diventerai vecchia.

Gloria rimase col telefonino in mano, bianca di paura. Lo posò e prese la chitarra avviandosi verso la porta. Minou le sbarrò il passo.

- Devo squagliarmela, Minou. Vogliono ammazzare Dottie e finiranno per ammazzare me se sto qui. Devo tornare ad essere Gloria.

Minou la colpì con un manrovescio che la mandò a sbattere contro la spalliera del letto e poi a terra con la bocca piena di sangue.

Gloria, gonfia di rabbia, afferrò la P38 rimasta sul comodino e gliela spianò addosso. Minou la fissò per qualche secondo poi le sorrise con insolente disprezzo.

Avvicinò le forbicine con cui si stava facendo la manicure agli occhi della ragazza, dicendole:

- Sei solo una piccola troia, non hai il coraggio di sparare. Forza, spara, se no ti cavo uno di quei tuoi begli occhi...

Gloria si ritrasse, Minou la sovrastava, vicinissima. La punta delle forbicine stava calando davvero verso un suo occhio. Premette il grilletto.
Click.
Il percussore batté a vuoto. Gloria chiuse gli occhi e urlò mentre Minou si tirò indietro scoppiando a ridere.
Entrò Klaus, guardò le due, poi prese un fazzoletto e afferrò la P38 per la canna levandola senza sforzo dalla mano della stordita Gloria. Le sorrise:

- Tesoro, ho avuto un brutto incidente con questa e allora abbiamo pensato che è più sicuro che sopra ci siano le tue impronte invece delle mie.

Gloria si lasciò guidare in fondo al parco. Klaus sollevò un telo catramato e le fece vedere per il cadavere insanguinato di Marcel.

Gloria assalì Klaus graffiandogli il volto e gridando che era un bastardo assassino. L'uomo la afferrò per i capelli e la piegò con forza sulle ginocchia facendola urlare di dolore. Le disse, furibondo, col sangue che gli colava sulle guance:

- Senti piccola troia, non crederai che abbiamo bevuto la storiella dell'incidente, vero? Tu hai fatto fuori la Fraser per venire a ficcarti nel suo nido. Okay, a noi va benissimo, però devi dividere, capito? Dividere ed essere carina, molto carina con noi due! E se io ti dico di succhiarmelo, tu me lo succhi come si deve, chiaro? Questo voleva fare il furbo e ho dovuto ammazzarlo. E adesso torniamo dentro e non fare più la stronza se no ti mandiamo in galera per tutta la vita dicendo che ti abbiamo visto sparare a quest'imbecille!

Gloria dovette riprendere a fare firme e firme sui fogli bianchi cercando di imitare la firma di Dottie.

A notte fonda Klaus sembrò soddisfatto: le ultime firme erano accettabili, molto accettabili. Le fecero firmare un intero blocchetto di assegni. Poi Klaus la baciò sui capelli: aveva fatto un piccolo sondaggio in banca dove aveva qualche amico e aveva scoperto che per Dottie Fraser non c'erano problemi di soldi almeno fino a somme con sette cifre! E da domani avrebbero cominciato a incassare, con calma, senza esagerare negli importi.

Gloria era sfinita ma la costrinsero a tirare un po' di coca e poi a servirli sessualmente tutti e due. Quando Minou si fu addormentata Gloria tentò di convincere Klaus ad andarsene loro due soli dopo aver preso i soldi della Fraser. Lei non voleva dividere né il denaro nè il suo amore con Minou.

- Ti voglio tutto per me...- sussurrò Gloria stringendosi addosso a lui e Klaus, eccitato, le fu di nuovo sopra, con violenza e la prese fino allo sfinimento. Gloria piangeva e godeva insieme.

Il mattino dopo, Minou e Klaus la vestirono con grande attenzione: sarebbero andati in banca con un assegno firmato da Gloria e bisognava far colpo.
Anche Minou ci teneva ad essere elegante e si mise l vestito di seta rossa. Uscirono in giardino, Klaus chiese a Gloria le chiavi dello spider. Lei rispose che le aveva prese Marcel. Klaus imprecò e si avviò verso il fondo del parco per frugare il cadavere .

Gloria prese sottobraccio Minou e si avviò verso il molo dicendole di essere molto preoccupata per quella foto che aveva fatto pubblicare sulla rivista, non tanto per la sua faccia che, essendo in figura intera, non era poi così riconoscibile, ma per la notizia che Dottie Fraser era in quella villa. Chissà se avrebbero avuto il tempo sufficiente per i loro piani.
Mentre parlava fece in modo che la Minou venisse a trovarsi con le spalle all'acqua. All'improvviso le diede una gran spinta e la buttò in mare, poi si mise a correre
Minou starnazzò nell'acqua urlando aiuto. Arrivò Klaus inferocito e la aiutò a risalire.

Gloria raggiunse la strada e continuò a correre cercando di fermare le auto che passavano, poi vide lo spider rosso arrivare rombando e si buttò nel folto della vegetazione.

Si sentiva il cuore scoppiare, si ruppe un tacco e prese una brutta storta, dovette fermarsi e si guardò intorno: tutto era silenzio. Il pugno di Klaus la colpì con inaspettata violenza alla bocca dello stomaco facendola svenire.

Tornò in sé e scoprì che era nuda legata sul letto. Minou davanti allo specchio si pavoneggiava con indosso il vestito di seta rossa.

Una Jaguar metallizzata coi vetri a specchio entrò senza rumore nel parco della villa. Klaus la vide fermarsi davanti alla casa e si mosse verso di essa cercando di vedere chi ci fosse dentro, ma i vetri a specchio rifletterono soltanto la sua faccia. Poi la portiera si aprì di colpo, investendolo.

Barcollò all'indietro e dalla macchina una mano guantata di nero lo afferrò per i testicoli. Klaus urlò strappato in avanti. L'altra mano dello sconosciuto si serrò intorno alla sua gola e gli diede un tremenda torsione. Si sentì il suono di ossa rotte e Klaus si afflosciò morto a terra.
I vetri posteriori della Jaguar scesero silenziosi, e spuntò la canna di un grosso fucile a cannocchiale.

Attraverso le lenti graduate del cannocchiale, venne inquadrata la finestra della stanza di Gloria: si vide chiaramente una figura di donna vestita di rosso che si pavoneggiava davanti ad uno specchio. La croce del mirino si fissò sulla testa bruna della donna.

Un dito guantato di nero premette un grilletto. Ci fu solo un "flop" soffocato, un buco nel vetro della finestra e una chiazza di sangue al posto della faccia di Minou.

Gloria restò paralizzata a fissare con orrore quella faccia impastata di sangue e ossa spezzate mentre il corpo di Minou cadeva verso il vetro della finestra come un burattino a cui abbiano tagliato di colpo i fili. La sua faccia devastata e sfondata dall'orribile colpo ruppe il vetro della finestra e rimase lì, immobile: pareva voler vedere chi l'aveva uccisa..
Visto attraverso il mirino del fucile telescopico la scena dovette riuscire gradita all'assassino perché i vetri a specchio tornarono ad alzarsi e la Jaguar metallizzata uscì silenziosa e lenta dal parco della villa. Sulla ghiaia rimase Klaus col collo spezzato.

Gloria urlò senza riuscire più a fermarsi, si divincolò ma le corde ressero agli strattoni. Svenne.

Come in un incubo, vide poi una mano di donna che poggiava il cofanetto delle pillole blu, quello che era scomparso, dal piano del comodino. Gloria cercò di mettere a fuoco il volto della nuova venuta: le sembrò quello di Dottie. E sorrideva! Svenne di nuovo.

Il rombo del motore penetrò nella sua coscienza. Era seduta sul sedile anteriore di un'auto di lusso. Tra le braccia aveva la sua chitarra. Si voltò a guardare chi guidava e sussultò, spalancò la bocca per urlare ma Dottie le sorrise mettendosi un dito sulle labbra per intimarle di star zitta.

Gloria restò in silenzio, a guardarla per un minuto buono, poi riuscì ad articolare:

- Non eri morta?

Dottie rise, allegra, distesa. Commentò di non essersi mai sentita così viva.

Intanto la villa Nike si era riempita di poliziotti. Gerald si rigirava il suo berretto in mano, gli occhi azzurri colmi di lacrime, fissi sul cadavere sfigurato di Minou.
Un ufficiale di polizia gli chiese due volte se riconosceva il cadavere e Gerald annuì: era Dottie Fraser, ieri aveva quel vestito... doveva essere Dottie anche se da viva era proprio tutta un'altra cosa.

-... tu hai preso il mio posto e io ho pensato che quell'incidente era stato un gran colpo di culo: meglio che ammazzassero te che non me. Ti chiedo scusa per questo e sono contenta che abbiano ammazzato un'altra.
- Ma si accorgeranno che non sei tu, e anche se avessero ammazzato me, la polizia prima o poi...
- Oh sicuro. Ma a me bastano pochi giorni per...
- Una settimana?- chiese Gloria. Dottie la guardò e rise.
- Sì, una settimana giorno più giorno meno.
- Ma perché sei tornata a prendere quelle pillole blu, non potevi farne a meno?

Dottie pescò nel vano del cruscotto il cofanetto pieno di pillole blu.

- Sai cos'è una EPROM? No? Beh, fa lo stesso. Nel cofanetto ne avevo nascosta una piena di dati importanti che mi servivano proprio per sistemare quella faccenda: dovevo prenderlo. Tu eri uscita e non pensavo che saresti tornata subito.

Gloria ci pensò su e poi chiese:

- E del banchiere Drenel che ne dici?

Dottie frenò bruscamente e per poco Gloria non sfondò la chitarra.

- Stai provando gli air bag?- le chiese e Dottie si piegò verso di lei e le spalancò la portiera:

- Scendi e vattene. Dimentica tutto e non fare domande. E se qualcuno le fa a te non dare risposte.

Poiché Gloria aprì la bocca per chiedere ancora, Dottie la buttò fuori con una spinta e richiuse lo sportello. Un ultimo sguardo e poi le disse, riavviando il motore:

- Peccato. Tu mi piaci. - Accelerò e frenò di nuovo Mise fuori la faccia dal finestrino e le lanciò un ultimo avvertimento:

- Attenta al culo, però! Qui intorno c'è un sacco di gente che crede che tu sia Dottie Fraser!

L'auto partì rombando e sparì in pochi secondi oltre una curva.

Gloria si ritrovò sola e frastornata, la chitarra fra le braccia, sul ciglio della strada.

Si incamminò e quando un'auto rallentò per offrirle un passaggio fece di no con la testa.

fine

ITALIAN BEAUTY

(finalista al premio Solinas)

Quel ramo del lago di Como volge sempre verso mezzogiorno anche se c'è l'ora legale. Ma non è che importi a qualcuno.
Qui tutti pensano alla grana e la storia di sposi promessi che vogliono sposarsi ma qualcuno glielo impedisce sembra proprio una gran stronzata. Fortuna che sono anche in pochi a saperla. Io la so, non tanto per la scuola dove ci andavo e non andavo, ma perché usavo il librone per nascondere le cartine per le canne.

Io mi chiamo Vincenzo e non è colpa mia, colpa del nonno che si chiamava così e della mia vecchia che lo venerava. Perché poi non si sa visto che non le ha lasciato un soldo. Comunque la vecchia s'incazza se le dico vecchia e ieri mi ha precisato:

-Vincenzo, guardami un attimino: una così, con le tette dure come michette e due cosce che manco la Parietti di quand' era la coscia lunga della sinistra, la chiami vecchia?

Io so quando è inutile contrastare i vecchi. Questa è una di quelle volte. E poi non mi interesso di politica. Avrei dovuto ricordarle che nelle tette c'ha un chilo di silicone e che a quel tipo che la scopa, Battacchio, che era ripetente con me al liceo, nel momento del bello gli dovrebbe dire "accarezzami le protesi", ma non è carino. Io di essere carino di solito me ne fotto, ma io me ne fotto di tutto.
La vecchia da quando ha mandato il vecchio a fare in culo s'è fatta tutta tirare, ha cambiato pettinatura. Comunque sono letteralmente cazzi suoi. Il vecchio

poi non deve avere capito bene perché invece che in culo è andato in Cuba.

Quello che non sopporto sono le amiche della genitrice: tutte sfigate sull'orlo della nientepausa, ornitologhe assatanate, che passano il tempo a dire che non ci sono più i cazzi di una volta. Le stronze credono di essere ancora le fiche di una volta, ammesso che i peli loro abbiano mai tirato più di una coppia di buoi, come dicono i filosofi.

Ieri la Marilù (credo che si chiami Maria ma il nome della madonna non le piace) mi ha fatto gomitino. Nel senso che mentre stavo sbracato sul divano mi ha piantato il gomito suo nelle palle mie e ha cominciato a girare. E intanto parlava con la mia vecchia che faceva finta di non vedere. Magari credeva pure che mi venisse duro! Dopo tre minuti mi sono alzato e sono andato a pisciare. Altro che nientepausa, niente di niente.

Mi chiamano al cell. E' la Giovanna, detta delle bande nere perché se la fa con un paio di teste rasate che credono in qualcosa di uncinato che non ho mai capito, roba del secolo scorso e io me ne fotto di queste stronzate. Giovanna la chiamiamo Gian per non stancarci. Dice che stasera abbiamo il sabba. Però è venerdì, ma dice che è un sabba weekend, un sabba lungo e che ci divertiremo un casino.

In effetti il cimitero, quello in disuso, sulla collina è un posto romantico, nel senso che è romano e antico, pieno di alberi di mele, lì anche la polvere delle ossa dei poveri cristi è già diventata frutta. Magari è per questo che il Padulo dice sempre che siamo alla frutta. Del Padulo non vi ho ancora detto, ma non vi ho ancora detto un tubo di niente, ho appena cominciato e non sono tanto abituato a scrivere. A parte qualche parola sui muri della scuola.

Allora, il Padulo non si chiama Padulo, lui si chiama Giorgio, ma tutti lo chiamano Padulo perché ce l'ha coi gay, anzi lui li chiama ancora "cupiu" come una volta quando pare che li mandassero ai confini, a fare che non lo so, forse i doganieri per incularsi i contrabbandieri. Allora quando ne vede uno grida "volano bassi!" e fa il gesto della planata con la mano. E spiega anche a chi non gliene frega niente che l'uccello padulo è quello che vola all'altezza del culo. Alla fine è diventato lui il Padulo, per Antonio Masia, dice il Mando. Ma io quest'Antonio non la conosco.

C'è anche lui stanotte. Non siamo tutta la banda perché quel pirla del Mando è a Milano che domani, dice, c'ha un esame all'università. Dice che studia lettere ma secondo me non impara neanche buste e comunque è sempre al primo esame e sono due anni che di tanto in tanto va a Milano. Ci deve avere una testa dalle parti di corso Sempione, una manzetta albanese che secondo me batte e gli dà pure la grana. Trovarne di extracom così. A ripensarci il Mando è tutt'altro che pirla. I pirla comprano, non vendono mai.

A me Milano non mi piace mica. Mi sembra una città di sfigati che corrono sempre su e giù a perder tempo dietro il lavoro. Io sono biblico: guadagnerai il pane col sudore della fronte. Mica specificato di chi. E poi la fronte?! ...per esempio la Pignatta se lo guadagna con un'altra parte del corpo. Ovvio quale no? Non sapete chi è la Pignatta, vabbè, adesso non è che vi posso presentare tutta la città, comunque la Pignatta è la più vecchia picia della zona. La dà per un deca, ma adesso non vale più neanche un cinquino, però ha fatto scuola a tre generazioni. Mica per modo di dire. C'avevo 15 anni quando l'ho chiavata io (voleva ancora 2 deca allora) e mi ha raccontato di mio nonno Vincenzo e di mio padre. Ce l'aveva col nonno perché le aveva "bruciato il paglione". La Pignatta parla ancora così, roba da Novecento arretrato...

Dicevo del cimitero: Gian ha acceso una candela dentro un teschio e a me scappa da ridere perché la fiammella fa un po' di fumo che esce tra i due denti che gli son rimasti in bocca al magrone e mi sembra che si stia a fare uno spinello. Gian ha portato anche i suoi due rasati che si tiran dietro una ragazzina zingara spaventata con una mela in bocca. Gliel'han ficcata dentro che non può più gridare.

- La volete fare al forno? – chiedo.

I due rasati mi guardano brutto. Sembra che ce l'abbiano coi forni, va a capire perché. Comunque non vogliono farsela al forno, vogliono farsela e basta. Ma prima bisogna baciare il culo del caprone.

Visto che i caproni scarseggiamo han preso Nilo, il cane della Cassa di Risparmio che è tutto nero e ha gli occhi rossi.

Il sacerdote annuncia che quello è Satana. Può pure essere perché io Satana non lo conosco, però baciare il culo al cane non mi sembra igienico. Il Padulo mi dà una gomitata: basta fare finta. Non è che bisogna proprio metterci la lingua. E allora che problema c'è? Mi inginocchio davanti a Nilo che mi conosce e mi sventaglia la mostra con la coda. Prima di baciare bisogna pronunciare la formula magica "piddue piddue piddue chi non fotte c'ha la lue". Chissà che vuol dire ma le formule magiche non si devono capire se no non sono più magiche.

Il sacerdote non so chi è perché è mascherato però dev'essere un vecchio di quarant'anni e passa, a giudicare dalle mani.

I due rasati spogliano nuda la zingarella e il sacerdote ordina a Nilo di montarla, ma lo chiama Satana e Nilo ovviamente non obbedisce. E poi io Nilo lo vedo dal balcone, giù nel giardino dietro la banca, è innamorato matto della cagnetta della Elvira e si fa una slinguazzata ogni volta che la vede.

Allora lo fanno i due rasati con due bastoni, uno davanti e uno dietro. Forse hanno ragione le sfigate che non ci sono più i cazzi di una volta.

I due rasati dicono che le extracom sono abituate ai cazzi degli extracom e che specialmente se sono neri li hanno grossi il doppio dei nostri. Per questo li odiano. Non sono razzisti, loro sono cazzisti.

Ma i due rasati esagerano e spingono troppo coi bastoni. La zingarella diventa blu e tira le cuoia. C'è un momento di panico ma i due rasati ci tranquillizzano: tanto era solo un'extracom del cazzo. Infatti quando la trovano ci scrivono appena cinque righe su La Provincia che sarebbe il giornale locale. Nelle "Varie". Però il sabba non c'è stato e siamo tornati subito a casa che era ancora venerdì.

La domenica è sempre una noia, non che gli altri giorni sia uno spiscio ma la domenica è peggio. Sarà che non si lavora. No, io non lavoro mai però ufficialmente da lunedì a venerdì penso che devo cercarmi un lavoro e pensare di dover cercare stanca. La domenica ufficialmente invece sono autorizzato da tutti a grattarmi le palle, come ha fatto dio dopo aver fatto sto schifo di mondo. E magari se le toccava solo contro la jella.

Il Padulo e altri quattro stronzi vanno allo stadio con gli striscioni ma io non vedo il divertimento. Una volta che hai fatto buuuu al negro e mandato a fare in culo l'arbitro e gli sbirri non si sa più che fare. E guardare quei 22 coglioni che corrono dietro a una palla, dopo un po', hai una borsa fino alle ginocchia.
Qualche volta facciamo un po' di tecno: il Pepi ci ha portato una base da sballo, è il rumore dei telai della fabbrica dove lavora il padre che, il povero pirla, si vanta di fare l'operaio da 38 anni e di non avere ancora chiesto la pensione. Mi dicono che sia un vecchio comunista ma a me dei comuni e delle province non fotte niente.
Chi è il Pepi lo sanno tutti, è il trèffico, cioè quello fico fico fico. Lui le Nike le lustra col burro di cacao e il brillantino non ce l'ha nel buco del naso come tutti

i cristiani ma se l'è fatto inserire dentro il buco del culo. Dice che la vera eleganza è quella che non si vede. E' il massimo.

Mi ero dimenticato che oggi era la festa del papà. Quel cornuto di San Giuseppe l'han scelto proprio ok. La festa del papà se la ricorda sempre il papà che viene a casa dalla vecchia e pranziamo insieme, così, per sembrare una famiglia. Dice che lo fa per Stracciafiletti che è piccolo e ha ancora bisogno del padre. Oh, mio fratello ha dodici anni maturati e sta in una baby gang ganza ganza. L'altra settimana hanno fottuto la grana a una grumalda che usciva dalla posta. Scippo di vecchietta. Gliel'ho detto a Stracciafiletti che non è una gran magata. Però una che sta in piedi perché fa pena pure alla forza di gravità e va alla posta a prendere la pensione e poi esce coi soldi in mano si vede che le piace l'avventura. Ho sentito al bar che s'è rotta il femore ma che non è niente perché al giorno d'oggi capace che pigliano quello di un maiale e glielo montano al posto di quello rotto e via zampettando meglio di prima, ma in Tv un tizio col birignao dice che così diventiamo bestie.
Oggi però il Biancone era su di giri. Biancone è un modo affettuoso di chiamare il vecchio perché lui è quasi pelato ma i pochi che ha sono ancora castani. Qualche volta lo chiamiamo Impo per non stancarci con le parole lunghe. La mamma la chiamiamo Star perché gallina vecchia fa buon brodo, ma lei crede che vogliamo dirle stella ed è tutta contenta, invece Caccia Continua non le piace anche se è sempre in giro a cercare il grande amore. Perché mica dice che

vuol farsi qualche bella scopata e basta, dice che è in cerca dell'amore. E lo vuole grande. Le ho detto di cercare fra gli extracom ma si è offesa. Speriamo almeno che stavolta lo trovi con la grana. Meglio figliastri di un berlusca qualunque che di uno stronzo onesto come il nostro bionzo.

A volte Caccia Continua mi chiama affettuosamente Piglianculo per via di quel moretto che ho rimorchiato una sera sul Web e mi sono portato a letto, le ho detto che volevo fare un po' di meltpotting ma non ha capito: le uniche lingue che sa lei sono quelle che sa lei. Mi ha dato un ceffone e io so il vero perché: era gelosa e il negro se lo voleva fare lei.

Stavo dicendo che oggi il vecchio sembra in canna, ma lui dice che gli spinelli se l'è fatti solo nel sessantotto quando aveva tredici anni. Dice che era una protesta per la rivoluzione. Ma poi si son messi a fumarli tutti e gli unici dritti sono, come sempre, quelli che li vendono e fanno testoni e testardi. Naturalmente il mio bio li compra, lui non è un dritto e vive del suo lavoro. Amen.

Sto perdendo il filo, ah sì, oggi è su di giri come un motorino truccato. Vuoi vedere che è vero quello che mi ha detto l'Osvaldo al videopoker? Si mormora che il mio vecchio a Cuba abbia rimediato una cavallina, e che l'abbia presa da un certo Fidel che castra tutti gli americani. Essendo che il mio vecchio è un padano puro sangue non ha corso pericoli. A meno che la cubica non lo faccia crepare d'infarto.

Stracciafiletti ha fatto firmare al vecchio una nota che gli ha sgnaccato il mangiaostie della scuola, quello che gli insegna che il padreterno s'è incazzato per una mela e ci ha cacciati dal suo orto dandoci dei maledetti cazzoni e non ci ha perdonato finché non gli abbiamo inchiodato il figlio su una croce, che se lo sapevamo lo facevamo prima.

Comunque il maxigonna ha scritto sul quaderno di Stracciafiletti che disturba la lezione. Il vecchio ha firmato senza neanche leggere ma io ho chiesto perché, così Stracciafiletti impara a non fidarsi neanche di suo fratello. Però Stracciafiletti è fico, e se l'ha inventata lui l'ha inventata bella. Ha raccontato che il prete stava smaronando di quando il primo uomo appena creato da dio stava da dio nel famoso orto a farsi le pippe perché non c'erano fiche neanche a pagarle, e che il padreterno allora aveva deciso di levargli una costoletta per costruirgliene una. Perché poi doveva usare un osso per far una cosa senza osso sono misteri da dio. Poiché il padreterno è buono prima pare gli facesse l'Anastasia ma quando si sveglia il nudone si trova accanto una puttana che ancora adesso se ti dai una martellata sulle dita dici puttana Eva. Che poi sarebbe la madre di tutti noi. A questo punto anche il nostro Impo sembra interessato e Stracciafiletti la butta là alla grande.

-Ho chiesto a Don Rinco: ma se Adamo aveva già il pisello prima che dio gli facesse la puttana Eva, ce l'aveva solo per pisciare oppure dio sapeva già che nella seconda puntata gli sarebbe servito per fottere?

L'Impo schiatta dal ridere e si batte le mani sulle cosce, mentre la vecchia sussulta ma le protesi no. Stracciafiletti vuole i soldi per la benzina e il vecchio ride di nuovo: mica ha la macchina! Che ci fa con la benzina? Stracciafiletti si stringe nelle spalle e non risponde. E' un segreto. Un segreto del cazzo: è la terza volta che cercano di dar fuoco a Chopin.

D'altra parte qui si muore di noia e qualcosa bisogna inventarsi. Abbiamo già decorato tutte le paline stradali e rotto il naso alle statue. Anche le chitarrate coi campanelli dei citofoni han perso fascino. Ogni tanto si va per le campagne e si finge di essere del genio. Diamo qualche bel sasso a una contadina dicendole che è una bomba e che deve farla bollire finché non torniamo e che se smette di bollire salta tutto. Qualche volta la fan bollire per giorni. Una volta ce l'han tirata appresso che l'Osvaldo ancora ne porta il segno su una spalla. Allora non ci siamo andati più.

E' di nuovo domenica, la solita noia. In questo posto di merda non capita mai niente. Domani il Mando ha un altro esame a Milano che è sempre lo stesso e la mia vecchia, di là, sta discutendo col suo Greencock sul fatto che lui certamente l'ama ma non vuole ammetterlo. Mi vien voglia di mettergli un po' di insetticida nella birra così la piantano, come ha fatto quel sagrestano nel vino della messa.

Stracciafiletti s'è beccato un'altra nota dal mangiaostie della scuola perché ha sostenuto che se nella messa il vino diventa sangue di Cristo allora l'insetticida doveva diventare emoqualcosa. Insomma, buono.

Invece il prete stava tirando le cuoia. Credo che non dirà messa per un po'.

Si fermano due pulmini davanti al Moderno dove stiamo giocando a Misére io, uno dei rasati, la Gian e l'Antonia. Porca troia, è la TV! Entrano nel bar, con delle lampade, la telecamera e fanno domande stronze a cui nessuno risponde.

Il rasato ride ma cerca di non farsi vedere. Ma l'occhio di lince del bravo intervistatore lo coglie e gli spara addosso la telecamera:

-Perché ridi? Vedo che hai una testa del duce tatuata sul polso. Ne sai niente dell'omicidio della zingarella?

- Intanto vaffanculo. Poi non ne so niente e poi è stato al massimo uno scimmicidio...- il rasato se ne va spintonando il cameram. Adesso ho la telecamera addosso e le luci negli occhi.

- Quello è un tuo amico?
- Ci si vede. Qui siamo tutti amici.
- E' un nazista però, un fascista...
- Non lo so, non mi interesso di calcio.
- Hai visto il tatuaggio? Sai chi era Benito Mussolini, il duce?

Mi sforzo di fare bella figura ma non mi viene.

- Dammi un aiutino.... Erabiondo?

FINE

ROMOLO,
L'AUTISTA DEL MINISTRO

(tradotto in inglese da Harry Harrison e pubblicato
sulla rivista Fantasy and Science F iction)

Roma dorme.

La calura del meriggio brucia i ruderi millenari, calcinati dal sole. L'aria stagna sui ricordi della civiltà passata. E' il fiato dei cesari, dei milioni di cives. L'aria é pregna del sudore delle legioni e pesa nostalgica sulle colonne smozzicate dei Fori.

E' un cimitero di ricordi perduti, un formicaio distrutto, con i corridoi e le celle scoperchiate, in quest'ora muta col sole a picco Roma mostra le ferite che barbari scomparsi le hanno inflitto per secoli.

La luce penetrante dell'astro scalda pavimenti costruiti per essere sfiorati dai passi segreti delle vestali, pietre calcate dal piede vittorioso del gladiatore, consunte dal sandalo dei sacerdoti. Sfacciatamente illumina muri di celle eternamente buie, atri marmorei di dei caduti in disgrazia.

Come coleotteri grattano fra i ruderi sudati anglosassoni. Gambe arrossate sbucano dalle braghe al ginocchio, fazzoletti sui riccioli biondi, scomposti. E piedi. Enormi piedi di barbari inciviliti che riportano a Roma un po' della sua civiltà ruminata per venti secoli tra le nebbie del nord. E parlano della spazzatura e del caos del traffico. Per i romani era l'ora sacra della pennichella. Potevano dormire, non avere fretta, in questa città dove il tempo si era fermato sulle piazze e nelle strade. Dove si respirava eternità. Prima dei cellulari.

Io so' Romolo, l'autista der Ministro degli Esteri. Ao, è ferragosto è sono le due. Il ministro m'ha mannato a riperticà sua moglie e sua figlia con la macchina blu e le ho portate qui sul piazzale della Farnesina. Aria condizionata a palla ma si suda lo stesso co' 'ste du' donne che continuano a chiedermi perché. Boh, che ne so, perché: ordinano, obbedisco.

MANCANO TRENTA MINUTI ALLA FINE.

L'ampio piazzale, accecato dal sole, sembra una grande tovaglia candida. Sopra, una grossa mosca nera: la Mercedes del Ministro. Romolo suda, in pace con se stesso e il mondo, le due donne sudano lottando con specchietti e eyeliner contro il liquefarsi dei loro volti falsi.

Un'altra mosca nera corre rapida sulla tovaglia, affiancandosi alla Mercedes. Frena con un lamentoso stridio e lascia nell'aria puzza di gomma bruciata. Scendono tre uomini dall'aria stravolta. Gridano a Romolo di accompagnarli nell'ufficio del Ministro.

Le due donne aprono le portiere e lanciano le loro domande stridule e scortesi, ma i tre non rispondono. Afferrano Romolo e se ne vanno verso il grande palazzo. Nei loro occhi c'è un riflesso allucinato.

Faccio strada ai tre nel labirinto del Ministero. Ognuno di loro ha un tesserino azzurro e nessuno ci ferma. Qualche usciere sonnolento ci lancia un'occhiata apatica e poi torna alla sua dimenticanza.

Il Ministro è in piedi davanti a un telefono rosso posato sul grande tavolo intorno a cui siede l'intero governo. Il Presidente del Consiglio tiene le mani sulle guance e se le tira all'in giù dando sfogo ai suoi occhi che urlano disperazione come quelli di quel quadro famoso. Sudano e le gocce di sudore colano dentro i colletti della camicie. Il Ministro alza il volto all'ingresso mio e dei tre tizi dalla grande prescia. Scuote il capo e torna a fissare il telefono. I tre che ho guidato restano rigidi ad attendere. Anche i loro occhi si fermano sul telefono. Tutta la stanza, tutto l'universo sembra aver trovato il suo centro in quel telefono rosso.

MANCANO VENTI MINUTI ALLA FINE

Parlano di cose che capisco poco. Dicono che l'ultimatum è stato trasmesso da un satellite ma che è solo un rimbalzo. Pare che le città siano state minate con bombe atomiche portate e montate nelle fogne, ora basta un clic per radio per innescarle. Inutili i missili antimissili, inutili i satelliti, inutile lo scudo stellare . Il ricatto è chiaro: disarmo mondiale completo e la legge della sharia in tutto il mondo. La scelta è caduta su Roma. La distruzione di Roma avrà uno scopo dimostrativo come Hiroshima. A meno che Russia, America, Francia, India, Pakistan, Israele e tutte le altre nazioni che hanno armi nucleari non disarmino. L'ora zero per Roma è 2,25 PM, ossia, cazzo!, le quattordici e venticinque di oggi.

MANCANO QUINDICI MINUTI ALLA FINE

Non c'è stato tempo per riunire le Camere. Il presidente americano e gli altri governanti si parlano da due ore. Il destino di Roma è nelle loro mani. Qui nessuno sa niente. Ora capisco perché il Ministro mi ha fatto portare qui sua moglie e sua figlia. I romani vivranno l'ultimo secondo della loro storia bimillenaria senza sapere che è l'ultimo, sorpresi e cancellati nei pensieri e nei gesti più quotidiani. Non c'è altra soluzione: un'evacuazione della città è impossibile nei pochi minuti che mancano allo scoppio. Io sono solo al mondo e ho vissuto abbastanza, ma mi dispiace per Roma, tanto.

I tre che ho portato dal Ministro stanno parlando di megatoni, di orizzonte dell'evento, e di strappo nel continuum spaziotemporale. Dicono che al posto di Roma ci sarà un buco radioattivo profondo trecento metri di largo quindici chilometri. Continuano a parlare e a sudare. Mi avvicino alla finestra e guardo fuori: voglio godermi questo spicchio di panorama col Tevere che cola biondastro sotto i ponti. Chissà se sparirà anche lui. Voglio guardare tutto bene, ficcare tutto nel cervello, anche se sarà bruciato con tutto il resto. Suona il telefono rosso.

MANCANO DODICI MINUTI ALLA FINE

Il Ministro allunga una mano sul ricevitore e lo alza. Con voce tremante ammette:

-Hello.... - Ascolta quello che gli dicono. Pochi secondi. Gli occhi gli si riempiono di lacrime. Molla il ricevitore e grida :

-Vogliono vedere se è un bluff! Scoppierà! Viaaa!

Scappano tutti rovesciando le poltrone. Il Ministro mi afferra per un braccio. Mi mette sotto il naso il suo orologio:

- Dodici minuti -sibila- Dodici minuti per salvare la pelle!

Mi spinge verso la porta. Attraversiamo il corridoio correndo e ci precipitiamo lungo le scale fino di sfociare nel piazzale assolato. Un usciere cerca di fermarci, ma il Ministro tira fuori una pistola e il poveretto spalanca gli occhi più per l'assurdità del gesto di Sua Eccellenza che per la paura. Saltiamo sulla macchina. Le due donne l'aggrediscono con cento voci. Il Ministro zittisce la figlia con uno schiaffo e la pistola che tiene in pugno fa tacere la moglie: il suo terrore è contagioso :

-Via! La Cassia!- mi urla.
- Per dove?- chiedo.
-Via da Roma!-

Innesto la marcia e parto a cento all'ora. Adesso la moglie del Ministro piange. La figlia supplica il padre, rigido come un cadavere, ripetendo sempre la stessa domanda: "Perché" Col clacson premuto imbocco la Cassia Nuova a centottanta all'ora.

MANCANO DIECI MINUTI ALLA FINE

Verde, giallo, rosso. Avanti, avanti, avanti. Niente ha più senso. Quelli che vedo dai finestrini non sono persone, sono spettri di morti. Anche noi siamo spettri. Vorrei gridare a quella donna con un bambino in braccio di abbracciarlo forte. E a quel meccanico di smetterla di affannarsi. E a quel mendicante di non chiedere più. Orologi. Dappertutto orologi. Si fermeranno tutti alla stessa ora. Una vecchia attraversa la strada. Non faccio in tempo a scansarla. Il suo corpo vola a una decina di metri. Il suo sangue mi schizza sul parabrezza. Il Ministro mi urla nelle orecchie e mi preme il revolver contro la nuca:

-Non rallentare! Via! Via! Non hai ucciso nessuno! aveva solo otto minuti di vita... otto maledetti minuti! Via!

Ho ucciso una donna. Io che non mangio carne perché voglio bene alle bestie. Eppure sono calmo ma mi colano lacrime inconsapevoli. Continuo la fuga urlando dal finestrino a quelli che passano:

- Siete tutti morti! Siete tutti morti!!!

Qualcuno mi fa le corna. Qualcuno ride. Accelero ma il fungo ci prenderà lo stesso. E' meglio così, non voglio sopravvivere a Roma. Cinque milioni di gradi han detto, non ce ne accorgeremo neppure. Un garzone su un triciclo mi urla di andare a morire ammazzato. E quel che sto facendo ma l'urlo così romano mi accende una speranza: è se fosse un bluff?

MANCANO CINQUE MINUTI ALLA FINE

Cominciano i campi. Guido a tavoletta rischiando di sbattere. Qualcuno suona il clacson ma il suono se lo porta il vcento. Dei contadini lavorano. Piantano qualcosa. Grido loro che non è più tempo di semi. Non capiscono, ma non sarà mai più tempo di semi. Le due donne frignano e piangono. Sua Eccellenza ha gli occhi iniettati di sangue. Fissa l'orologio e poi si volge indietro, verso Roma che si allontana. E' un uomo che non spera di salvare la pelle.

MANCANO TRE MINUTI ALLA FINE

Tutto sta per finire. La mia Roma, io, tutto ciò che conosco. Chissà se in Campidoglio il Marcaurelio sta diventando d'oro? Vorrei essere lì per controllare l'antica profezia. E mi sarebbe piaciuto morire in Campidoglio. Ma non c'è più tempo. Non c'è più tempo per niente.

MANCA UN MINUTO ALLA FINE

La tomba di Nerone. Siamo sull'orlo del buco. Il Ministro trema e non stacca gli occhi dalla lancetta dei secondi. Moglie e figlia si aggrappano a lui terrorizzate. Sfioro il pulsante di accensione della radio: c'è musica. Poi una voce invita a comprare un sapone che lava più bianco del bianco.

MANCANO DIECI SECONDI ALLA FINE

Il raccordo anulare. Sono le 14,25. La terra vibra e sussulta. La voce della radio muore con uno sfrigolio. Il ministro bestemmia. le due donne urlano. Il manto stradale si raggrinzisce e si solleva. Una luce accecante annulla l'universo. Inchiodo d'istinto e l'auto vola via.

E' LA FINE

Per una frazione d'attimo non esisto più. Poi il bruciore della pelle mi dice che sono vivo.

Sono in piedi al centro di un forno crematorio,tutto è nero e c'è cenere ovunque. Poi cielo si stacca dalla cenere e si alza, torna la luce del sole.

Mi guardo: sono nudo, nero di polvere ma illeso. Mi faccio scorrere la mani sul petto, scuoto i peli, la pelle non brucia più.

La Mercedes è scomparsa. Anche la strada è scomparsa e non vedo traccia del Ministro e delle sue donne. Sono al centro di una grande area bruciata e l'orizzonte è chiuso da colline.

C'è qualcuno da lassù che mi spia. Alzo un braccio e un gruppetto di uomini scende verso di me. Gente strana però. L'uomo che li capeggia ha una spada in pugno e una pelle di pecora intorno ai fianchi. Si avvicina, non pare sorpreso. Anche i suoi compagni, pur tenendosi indietro, sono tranquilli. Tutti armati di bastoni e vestiti con pelli d'animale. Se sono i sopravvissuti si sono riorganizzati presto. Il capo si ferma a due passi da me e mi chiede:

- Signum ex Albalonga vidimus venimusque. Hic meam urbem condeam. Quisquis es?-

-Ma come parli, sembri il mio parroco. Guarda che 'un so' bravo in latino. Io so' Romolo, l'autista del ministro. -

-Autista? - ripete come chi non ha capito la parola.

-Sì, guido... - mimo il gesto di chi guida la macchina.

-Ducis?- chiede.

-Proprio duce no, ti ho detto autista, so' l'autista del ministro.-

L'uomo alza la spada, ostile, e dice con voce dura:

-Remo sum. Hic dux sum. Impero. - Indica tutta l'area bruciata con un ampio movimento del braccio- Hic meam urbem condeam, cui nomen erit Rema universumque tenebit. -

Trattengo il fiato e chiudo gli occhi. Ma quando li riapro l'uomo con la spada è sempre lì.

- Remo? Hai detto "nomen Rema" e "universum... che vor dì, che dominerà er monno?-

- Erit Rema et universum tenebit!- ripete esagerando il gesto.

-Ah Remo, io 'sta storia l'ho già sentita... guarda che 'un finisce come dichi tu...-

Mi agguantano e mi aggiogano a un aratro di legno costringendomi a tirarlo per tracciare il solco della futura città. Di tanto in tanto il capo grida:

-Porta! - e alzano il vomere interrompendo il solco.

- Ah Remo! Fermati! Requiem etern... 'sto cazzo di latino... tantum ergo sacramentum... requiescant in pac... ma che cazzo 'sto a dì! A Remo finisce male!-

Nessuno ascolta le mie parole. Mi bastonano, obbligandomi a tirare l'aratro. Sono sporco di cenere e bagnato di pianto e di sudore. Il perimetro è tracciato, su e giù per sette colli, sotto un sole che accende bagliori dalla cenere calda. Remo si avvicina con la spada in pugno e la alza per chiedere la benedizione degli dei a cui vuole sacrificarmi in onore di Rema.

Mi si lancia addosso con la spada sguainata per sventrarmi. Scarto sulla destra. Remo, sbilanciato, perde l'equilibrio e finisce sulla lama del vomere. E' suo il sangue che cola copioso nel solco appena tracciato.

I pastori si buttano a terra davanti a me. Gli dei mi hanno scelto. Alzo il volto al sole, facile profeta:

-Si chiamerà Roma e dominerà er monno.- I pastori, proni, sussurrano:
- Hic meam urbem condeam, cui nomen erit Roma universumque tenebit. -

Mi adorano. Io, Romolo, il semidio.

FINE

LA PREDA NUDA

Valeria balla sul cubo in una discoteca.

Luci sparate in faccia, luci psichedeliche che si rincorrono come cartoon e lei che si dimena, evidenziando tutto quello che può evidenziare, attraente come la mela del peccato.
Facce sudate e inespressive di giovani che ballano nella calca, sciabolate da luci rincretinenti. Musica a palla.
Nella penombra, oltre la massa danzante, un uomo fissa Valeria. Immobile. Un bell'uomo. E' Gabriele.

Se fosse un film qui passerebbero i TITOLI DI TESTA (ma chi li vedrebbe?), sotto c'è lei che sculetta e che minaccia di togliersi di dosso quel poco che ha.
Una corona di mani sventola biglietti da cento euro intorno al cubo. Valeria si slaccia il reggiseno: Fioccano i soldi e gli applausi. Un orgasmo collettivo.

Nel corridoio del camerino di Valeria e Alessia, una sua collega più navigata, c'è sempre una gran ressa di ammiratori: fiori, bigliettini, gioielli, qualche volta assegni.

Alessia sceglie fior da fiore con grande equilibrio, si concede solo ai migliori. Valeria no, da quando è cotta di Claudio è fedele. Incurabile.

Però Claudio è sposato e con due figli. La solita solfa: la moglie che non lo capisce e con cui dice di non avere più rapporti, però ci sono i figli che non vuole abbandonare.

Claudio è un bell'uomo sui quaranta, statura media, sempre elegante. Nel suo sguardo intelligente brilla spesso l'ironia che però Valeria non riesce a captare. Si sa, l'amore è cieco.

Stanotte è una notte speciale. C'è l'inaugurazione dell'appartamentino che Claudio ha trovato per Valeria, un superattico centrale, comodo, lussuoso, in un palazzo dell' Ottocento, monumentale, con un grande cortile.

Valeria è eccitata, felice. Scende dal coupé di Claudio, in una viuzza del centro storico, tenendo in mano la gabbia di Mela, la sua gatta, che miagola di paura. Si aggrappa al braccio di Claudio e si avviano: lei un po' buffa con la gabbia del gatto e i tacchi a spillo che le rendono il passo traballante sui sampietrini, lui più basso di lei, pariolino e figlio di papà.
Quanto basta ai due nazi per farsi sotto: prima a sfottere e poi pesanti su Valeria. Fanno i gradassi e uno allunga una mano sulla fronte di Claudio, irridente, minaccioso. La reazione di Claudio è veloce quanto inaspettata. I due nazi si trovano a terra doloranti. Uno dei due ha un braccio spezzato e si lamenta come un bambino.

Claudio riprende sottobraccio Valeria con un sorriso:

- Non ti sarai spaventata, amore?

Valeria annuisce stupefatta:

- Sì, di te. Cosa hai detto che fai come lavoro?
- Contrattualistica internazionale.- sorride Claudio.
- Devono essere contratti durissimi...- commenta lei in quel suo tono falso stupido che non si capisce se vero o inventato.

La coppia se ne va come se nulla fosse accaduto. Dal buio di un portone brilla la brace di un sigarillo che illumina il volto di Gabriele, un uomo coi capelli grigi e il volto segnato come quello di un pugile. L'uomo si avvia dietro la coppia gettando il mozzicone del sigaro con disprezzo verso i due nazi che arretrano storditi, doloranti e confusi.

Claudio e Valeria sbucano nella grande piazza.

L'uomo indica alla donna una macchina della Polizia che sosta accanto al marciapiede: nell'attico del palazzo, che tiene tutto il quinto piano, abita nientemeno che Cartiglia, lo stilista, il maestro della Moda.

Valeria è impressionata: quello della sfilata a Piazza di Spagna?
Quello.
Quello che ha fatto sfilare le più famose modelle del mondo col culo di fuori?
Quello.
Quello accusato di aver prestato i suoi conti esteri ai mafiosi per riciclare denaro sporco?
Non ci sono prove.

- Accidenti, - trilla Valeria - allora chissà quanto costa l'appartamento!

Claudio la bacia: lei vale più di qualunque regalo e le dà il mazzo di chiavi per farle aprire il portone per la prima volta.

I poliziotti seguono donna con sguardo "e quando me la scopo una così" e lei ancheggia soddisfatta.

- Stan lì per proteggerlo o per impedire che scappi?
-Meglio non immischiarsi.- taglia corto Claudio.

La donna spinge il grande portone con entrambe le mani per riuscire ad aprirlo. Claudio le sfiora la testa con un bacio.

L'androne è ampio ma poco illuminato. La guardiola del portiere è buia e chiusa. Claudio fa strada verso l'ascensore, che sale lungo la tromba dello scalone di marmo , circondato da grate di ferro battuto.

- E' al sesto piano. Si vede tutta Roma.

Valeria si stringe a lui mentre l'ascensore li porta verso l'alto. La gatta miagola. Lei alza la gabbia e sorride all'animale:

- Buona, Mela, vedrai che ti piacerà la nuova casa.

Gabriele si avvicina alle scale e guarda l'ascensore salire. Tira fuori di tasca una pistola. Ci avvita il silenziatore, poi sale gli scalini due a due senza

rumore.
Il pianerottolo del sesto piano è poco illuminato: ci sono solo due porte. Claudio ne indica una a Valeria: quella è la sua.

- E l'altra?
- Credo che sia un ingresso di servizio per la mansarda di Cartiglia. Magari ci farà passare qualche bel ragazzotto di tanto in tanto.
- E quella botola?- chiede Valeria indicando il soffitto
- Boh! Si andrà sul tetto. Dai, apri. Hai tu le chiavi.

Mentre la donna infila la chiave nella toppa con qualche difficoltà, Claudio si affaccia a guardare giù per le scale: ma tutto è penombra e silenzio.

Valeria apre la porta del suo nuovo appartamento e Claudio la solleva tra le braccia con tutta la gabbia della gatta e le fa varcare la soglia come a una sposa. Lei si commuove e lo bacia. Finiscono tutti e due avvinghiati sul tappeto a far l'amore prima ancora di vedere la casa, con Mela che li guarda perplessa da dietro le sbarre.

L'appartamento è piccolo ma davvero lussuoso. Un grande letto matrimoniale occupa metà della stanza. Da una vetrata si vedono i tetti di Roma.

L'inaugurazione è una notte tutta sesso. Mela la gatta, stufa di assistere alle effusioni dei due amanti, si sistema sul davanzale di una delle finestre. Fa molto caldo, il condizionatore d'aria non funziona. Mela guarda verso il terrazzo di Cartiglia, tutto illuminato, pieno di ospiti, di musica, di risate.

Claudio se ne va prima dell'alba, in punta di piedi, credendo Valeria addormentata, ma la donna lo agguanta per la cravatta quando lui si china per darle un bacio. Tra qualche giorno è Ferragosto e Claudio ha promesso che lo passerà con lei: giorno e notte, come se fossero sposati. Soffre di dover dividere Claudio con quella moglie che lei non ha mai visto. L'uomo conferma la promessa ed esce in fretta. Non vuole rischiare di incontrare qualcuno che conosce.

Quel che fa Claudio di preciso, Valeria non è mai riuscita a capirlo. Contrattualistica internazionale. Che sarà? Non ha neppure un ufficio. Le ha detto che abita in una villetta all'Eur con moglie e figli, ma non ha l'indirizzo né il telefono. Tutto quello che sa per certo di Claudio è il numero del suo cellulare.

La tv mostra immagini di spiagge piene di vacanzieri ma sono immagini distorte e poco chiare dovute ad una pessima ricezione. Mela, la gatta, sembra seguirle con grande interesse.

Valeria è sotto la doccia. Il campanello suona a distesa. La gatta corre verso la porta miagolando.
La donna va ad aprire infilandosi una vestaglia di pizzo che nasconde poco e niente, i capelli avvolti in un asciugamano di spugna: l'uomo che si trova davanti comincia a gonfiarsi come un ranocchio, per la sorpresa, l'eccitazione, l'ammirazione e l'imbarazzo. Finalmente trova il fiato per esternare tanta emozione:

- Mannaggia l'America Latina!- esclama, gongolando come se avesse fatto il più superbo dei complimenti.
- Prego?- chiede Valeria che non ha capito.

L'uomo dondola sui piedi facendo ballare le due grosse valige che porta. Si presenta: è Giovanni, il portiere del palazzo. Sono arrivati i suoi bagagli.
E' lieto di fare la sua conoscenza e se Valeria ha bisogno di qualcosa può pigiare il pulsante del citofono: lui è sempre in guardiola dall'alba a alle dieci di sera.
Dopo le dieci di sera, mannaggia l'America Latina, lo trova nel suo appartamento al seminterrato.

Valeria è divertita dalla goffa ammirazione dell'uomo che continua a darle occhiate di sfuggita come se lei fosse un sole che non si può fissare impunemente troppo a lungo.
Giovanni dice che è venuto anche per dare un'occhiata al televisore e al condizionatore perché il signor Gianni gli ha telefonato per avvertirlo che non funzionano bene, mannaggia l'America Latina! Il condizionatore è vecchiotto ma l'antenna è condominiale e lui la TV la vede benissimo.

Il portiere si china sull'apparecchio televisivo con l'aria di chi se ne intende e poi gli molla un cazzottone sopra. Le immagini vanno a posto per qualche secondo.

- E chi è Gianni?- trasecola Valeria ma subito capisce e si riprende- Ah... Gianni, sì, Gianni.

Certamente quel figlio di buona donna di Claudio ha dato un nome falso al portiere per sicurezza. Sicurezza sua di lui, naturalmente.

Musica assordante. Luci inebetenti.
Alessia salta giù dal cubo, seminuda, coprendosi con un ventaglio, ed entra nel camerino che divide con Valeria. E' su di giri: cercano volti nuovi per un film commedia e le hanno offerto di fare un provino.

-Vogliono anche te. Si può guadagnare in un giorno la paga di una settimana.

Valeria annuisce distratta e guarda l'ora. Claudio è in ritardo. Suona il telefonino che ha nella borsa. E' lui, però non può venire a prenderla stasera. Forse più tardi nel loro nuovo nido d'amore. Deve tornare a casa in taxi

Valeria scende davanti al portone del suo palazzo. Il taxi va via e dal buio due uomini sbucano con una torcia in mano e gliela puntano sulla faccia.
Strilla, accecata.

- Lei è la nuova inquilina del sesto piano, vero?- le chiede una voce d'uomo. Valeria annuisce riparandosi gli occhi. L'uomo fa scorrere il cerchio della luce sul bel corpo della donna, fino ai piedi, poi spegne.

- Siamo della vigilanza. Ci scusi, ma dobbiamo controllare.

Valeria, irritata, infila la chiave nella toppa e va all'ascensore. Sesto piano.

L'ascensore è lento e rumoroso.

Qualcuno al terzo piano cerca di aprire il cancello scuotendolo. Si intravede la sagoma di un uomo. Il vecchio ascensore si blocca.
Valeria spaventata, pigia due volte sul bottone del sesto piano. L'ascensore riprende a salire.
Sente un passo che sale le rampe della scala. Esce dall'ascensore al sesto piano, infila la chiave nella toppa, cerca di aprire. La porta non s'apre. I passi si avvicinano. Ha un po' di fifa.

Finalmente la porta si apre. Valeria entra e sbatte l'uscio. Mela le salta addosso per salutarla e lei strilla di paura.
Sosta contro la porta ansimando, accarezzando la gatta. Sente qualcuno che si ferma fuori sul pianerottolo. Poi una chiave si infila nella toppa dell'uscio e cerca di girare.
Click. Click. Ma la chiave non apre.

Ancora due passi e poi il rumore della chiave infilata nella toppa della porta accanto alla sua. Click. Stavolta deve avere aperto perché la porta si richiude sbattendo.

Valeria ride di sé: che stupida! Qualcuno che voleva entrare nell'attico di Cartiglia e ha sbagliato porta! Tranquillizzata, apre per Mela l'unica scatoletta di carne che trova in una delle sue valige ancora in gran

parte da disfare.
Tira fuori qualche vestito e lo appende nell'armadio.
Fa un gran caldo. Si affaccia alla finestra per respirare.

Il terrazzo dell'attico è di nuovo pieno di luci e di musica: una grande tavola imbandita, intorno a cui siede una ventina di persone. Arriva l'eco delle risate, delle voci dei commensali e della musica. Mela si accovaccia sul davanzale.

Si spoglia, si profuma, si avvolge in un conturbante négligé però Claudio non arriva e neppure telefona. Irritata, controlla il cellulare poi alza la cornetta del telefono di casa per sentire se c'è la linea.
C'è.
Rimette giù il telefono e va alla finestra a gratticchiare la testa di Mela.

Certo che se la passa bene lo stilista, tutte le sere cene e festini, non sembra che soffra per le accuse di riciclaggio che gli vengono fatte.

La sua attenzione viene attratta da uno dei commensali: non può vederlo bene data la posizione in cui sta seduto, ma assomiglia a Claudio.
Fruga in una valigia e prende un binocolo da teatro.
Lo punta verso il terrazzo di Cartiglia.

Ora la sedia su cui sedeva l'uomo che assomigliava è Claudio è vuota.
Suona il cellulare sul comodino. Si tuffa a pesce attraverso il letto per arrivare a prenderlo. Ma non è

Claudio. E' il padre che la invita per Ferragosto nella sua casetta a Terracina.

- Non posso papà. Ho uno spettacolo.
- Mica sarà a luci rosse, vero?
- Ma che dici papà!
- Non ci vediamo mai.
- Sai anche il perché papà. Non vado a genio alla tua nuova moglie. Non è colpa mia se ti sei risposato - riattacca e conclude - con una stronza.

Accende la tv, gira un po' di canali. Si ferma su un vecchio giallo con Humphrey Bogart.

- Vecchio Bog tu sì che eri un uomo!- lascia accesa la tv ma non la guarda, tanto si vede male. Ci dev'essere un problema di antenna.

Torna a grattare la testa di Mela. Sbadiglia e si affaccia alla finestra: gli ospiti di Cartiglia se ne sono andati. I camerieri sparecchiano. Le finestre dell'attico si spengono, tutte meno due. Le tende sono tirate e si vedono solo ombre in controluce. Un uomo e una donna. Stanno discutendo ma non si capiscono le parole. Poi però la voce della donna si alza e diventa intelligibile:

- Quella sa tutto perché sei uno stronzo!-

Due mani d'uomo afferrano Valeria da dietro.
Urla.
Mela salta giù dal davanzale miagolando di paura.
L'aggressore gira brutalmente la donna verso di sé e

la bacia sulla bocca, da levarle il fiato: è Claudio.

Valeria ride nella rabbia colpendolo sul petto a pugni chiusi.

- Mi vuoi far morire di infarto?
- Sì. Ti voglio spezzare il cuore.- scherza Claudio, la solleva e la porta sul letto.

Alessia e Valeria sono pronte per il provino cinematografico. Sono in bikini su una pedana, girate di schiena, con altre belle ragazze. Valeria dà un'occhiata ad Alessia: aveva detto che cercavano volti nuovi?
Alessia fa spallucce: volti nuovi, culi nuovi, basta che paghino.
Il regista, un uomo giovane dai modi spicci e volgari, sceglie Valeria e Alessia e dice loro che possono voltarsi.

- Il provino fotografico l'avete superato bene. Adesso rimane il provino personale.

Che cosa sia il "provino personale" è facile intuirlo. Alessia ride e accetta la sculacciata del regista. Valeria invece gli blocca la mano e lo fissa gelida:

- Stronzo.

Il regista sgrana gli occhi per la sorpresa e Valeria se ne va:

-Scusi, sa, niente di personale.

Giovanni, il portiere, sta caricando delle valigie su due auto blu ministeriali ferme davanti al portone del palazzo. Sui sedili posteriori della prima, da solo, siede un uomo di mezza età, capelli d'argento, intento a parlare ad un cellulare: è Cartiglia.
Sulla seconda sale una donna sulla quarantina, molto elegante, insieme alle sue due figlie adolescenti. Mancia a Giovanni, raccomandazioni affinché dia un'occhiata all'appartamento e via, le due auto seguite da quella di scorta.

Valeria arriva a piedi e Giovanni la saluta con un grande sorriso:

- Se ne vanno tutti?
- Eh sì, mannaggia l'America Latina! A ferragosto sono il padrone del palazzo. Lei non parte?
- Ancora non so. Sono i giorni più belli a Roma. Ma quello era Cartiglia?
- Sì.
- Ma non era gay?

Giovanni gonfia le guance e poi soffia come una locomotiva:

- Lo è. Lo fa. Chi ci capisce più niente! Non c'è più morale, mannaggia l'America Latina!-
- Caraibi? Maldive? Polinesia?
- No. Un convento a Subbiaco. A quella gente piace far cose diverse.
- Anche troppo diverse, dicono.

Ferragosto a Roma. Sembra il day after. Strade

deserte, sole a picco, persiane chiuse, serrande abbassate.

Valeria mette al massimo il condizionatore che ronza senza riuscire a raffreddare davvero. Guarda l'ora: è quasi mezzogiorno e Claudio non si è fatto ancora sentire. Lo chiama al cellulare ma risponde la voce sintetica della Telecom: l'utente ha il ricevitore guasto o staccato.

Accende la Tv ma è il festival delle righe, non si vede niente. Va un po' meglio se mette al minimo il condizionatore ma così si muore di caldo.

Mela, la gatta, protesta perché ha fame. Il frigo è vuoto, c'è solo birra. Valeria pigia sul citofono ma nessuno risponde. Fa festa anche Giovanni.

Suona il telefono: è Claudio. Finalmente. Ma l'uomo parla a voce bassa, concitato. Le dice che spera di poter venire entro un'ora. Non è sicuro. Sta litigando con la moglie.

Claudio è un bugiardo perché parla da uno scantinato e con lui ci sono solo due uomini in tuta che stanno studiando un quadro elettrico pieno di antiche valvole in ceramica coperte di polvere e ragnatele.

La gatta miagola chiedendo cibo. La donna le versa della birra. La gatta lappa ma non è soddisfatta.
Il condizionatore e la tv si spengono di colpo.
Valeria cerca invano di rimetterli in funzione. E'

mancata l'elettricità.
Si affaccia sul pianerottolo che, a lampadine spente, è buio. Manca la corrente in tutto il palazzo.

Mela cerca di sgusciare fuori ma Valeria la acchiappa, chiama l'ascensore che ovviamente non funziona. Comincia a scendere le scale.
Da dietro la porta della mansarda, accanto a quella del suo appartamento, provengono dei rumori, come se qualcuno stesse frugando buttando a terra quello che non serve.
Valeria ascolta preoccupata: non erano partiti tutti?
Si stringe nelle spalle e riprende a scendere le scale semibuie, tenendosi Mela stretta al petto.

Giovanni, nel seminterrato, le apre avvolto in un grembiule da cuoco con un mestolo in mano. Alle sue spalle, nella luce di una finestrella a bocca di lupo, si intravede una donna di mezza età e due ragazzini che stanno facendo baccano. Giovanni guarda Valeria come fosse la madonna:

- Manca la luce in tutto il palazzo. Di ferragosto mi sa che ci lasceranno al buio per un bel po'. Vuole una candela, caso mai si facesse scuro prima che...
- No grazie. Tra un po' me ne vado anch'io.
- Giovanni!- chiama la moglie irritata - Guarda che non sei in servizio!
- Eh già.
- Mi scusi se l'ho disturbato.
- Ma niente. Torni se ha bisogno.
- Ho bisogno adesso. Non per me, per la mia gatta. E' digiuna da ieri.

La moglie del portiere, con malgarbo, raccoglie un po' di frattaglie, e gliele porge in un cartoccio.

- Ho sentito dei rumori all'attico.

Giovanni sgrana gli occhi stupito: non è possibile. Non c'è nessuno. Meglio andare a vedere. Prende una torcia per illuminare le scale e sale con Valeria, inseguito dal commento sarcastico della moglie:

- Sveltino, Giovanni, eh? Sveltino!

I due arrivano alla porta dell'attico e Giovanni pigia il pulsante del campanello che non suona.
Ride di se stesso, mannaggia l'America Latina, e bussa forte con un pugno. Dentro tutto è silenzio. Cerca la chiave dell'appartamento in un mazzo di chiavi che sembra quello di San Pietro e infila quella giusta nella serratura.
Apre l'uscio. L'ingresso è scuro ma sul fondo c'è la luce accecante del sole che entra dalle fessure delle serrande abbassate sulle porte-finestre del terrazzo.
Giovanni muove qualche passo, poi esorta Valeria a entrare: è un appartamento arredato con gran lusso.

- C'è una Jacuzzi di sei metri per quattro. Venga a vedere.

Valeria si sente a disagio, e poi Claudio potrebbe telefonare. Giovanni le fa cenno di andare a vedere e lei obbedisce.
La figura di un uomo corpulento dai capelli argentati appare inaspettato sulla soglia del bagno. Valeria

trasale. Mela lancia un miagolio di irritazione. Giovanni balbetta:

- Maestro! Mannaggia l'America Latina! Non l'ho vista rientrare. La signorina aveva sentito dei rumori e allora... ma se era lei... oh mi scusi Maestro!

Valeria corre fuori dall'appartamento. Cartiglia dice a Giovanni con aria tetra:

- Io non ci sono, capito? Non mi hai visto. Non ci sono e non ci sono mai stato. Per nessuno.

Tornata nel suo appartamento, Valeria mette giù la gatta e le versa le frattaglie in una ciotola:

- Figura di merda, Mela. Mangia va, almeno tu.

Va alla finestra: le persiane della casa di Cartiglia sono tutte abbassate. Suona il telefono: è Claudio. Le sussurra che spera di essere da lei fra mezz'ora. Se non funziona il citofono è meglio che stia alla finestra. Così quando vede la macchina, scende.
Lei ribatte seccata che fa un caldo mortale, non funziona un tubo, non solo il citofono ma neppure il condizionatore, la TV, e l'ascensore.
Claudio ordina:

- Stai alla finestra.
- Va bene.- sospira la donna. Passa davanti alla scodella di Mela che sta mangiando con gusto e si china a pizzicare un fegatello. Mela soffia disapprovazione. Valeria molla il fegatello:

- Tutti uguali eh? Uomini e gatti. Ognuno per sé e gli altri vadano a farsi fottere.- entra nel bagno e si riaffaccia per dire a Mela- Le ultime parole valgono solo per gli esseri umani. Tu resti vergine e ci hai tutto da guadagnare, credi a me.

L'acqua della doccia cola sul bel corpo di Valeria senza darle refrigerio. Mela, vuotata la scodella, si acciambella sul letto, soddisfatta.

Suona di nuovo il telefono. Valeria va a rispondere nuda: è sempre Claudio. Sta arrivando. Appena lo vede, scenda.
- Una domanda, amore. Come sapevi che era andata via la luce qui?
- Me l'hai detto tu, tesoro.
- Ah. Te l'ho detto io. Okay. Sbrigati che sono pronta.

Si veste in fretta e si apposta alla finestra: da lì si vede uno spicchio di strada.
Nonostante sia pomeriggio avanzato la città è silente e immota. Le finestre dei palazzi intorno sono chiuse. L'attenzione di Valeria è attratta da una delle persiane di Cartiglia: qualcuno l'ha alzata di una spanna. Si vede che anche lo stilista soffre il caldo.
Echeggia uno sparo. Valeria si volta di scatto a guardare la finestra semiaperta di Cartiglia. Qualcuno abbassa la saracinesca.

La donna entra in agitazione: quello era un colpo di pistola. Senza dubbio, un colpo di pistola.

- Hai sentito niente tu?- chiede alla gatta che

sbadiglia. Compone il numero del cellulare di Claudio solo per risentire il messaggio automatico della Telecom. Fa il numero di Alessia. La voce della donna risponde al sesto squillo.

E' ha cavallo del regista del provino e stanno facendo quello personale.

- Uno sparo? Sarà lo scappamento di una moto o una bottiglia di champagne o qualunque cazzo di cosa che possa fare un botto.
- No - dice sicura Valeria- è stato un colpo di pistola. Non so chi chiamare, Alessia, vieni subito...
- OK. Sto per venire...- miagola Alessia.

Valeria torna alla finestra a sbirciare verso l'attico e la strada. Niente e nessuno. Mela le salta in braccio:

- Chiamo la polizia? E se poi è stato davvero lo stappo di una bottiglia di champagne? Un'altra figura di merda. Tanto adesso arriva Claudio. Ci pensa lui.

Ma la strada resta deserta. Si fa vento con un giornale: c'è la foto di Cartiglia in prima pagina con una grande didascalia "MANETTE?", e più sotto
    "SE CARTIGLIA PARLA CROLLA UN MONDO".

Un'auto appare in strada e si ferma vicino al marciapiede. Però non è il coupé di Claudio. E' una berlina nera e non scende nessuno.

Valeria guarda l'ora. Quasi le quattro! Tutto il giorno di ferragosto in casa ad aspettare come una stronza!

Butta il giornale. Tenendo stretta Mela va ad aprire la porta di ingresso per far passare un po' di fresco. Un filo d'aria vien su dalla tromba delle scale e Valeria respira. Ma c'è anche il rumore di un passo che sale. Valeria accosta l'uscio e resta ad ascoltare. Bussano alla porta dell'attico. L'eco di un mormorio giunge alle sue orecchie e poi il frusciare di qualcosa e due passi pesanti che scendono le scale.
Socchiude l'uscio per dare un'occhiata e vede due uomini in tuta che portano giù un grosso tappeto arrotolato. Si ritrae sgomenta. Un tappeto arrotolato è un classico: dentro c'è il morto!

Torna ad affacciarsi alla finestra e vede i due che caricano nella parte posteriore della berlina il grosso tappeto. Poi uno di loro si volge a guardare verso l'alto. Valeria si ritrae Quello l'ha vista! E' certa che l'ha vista! E adesso sa che c'è un testimone!

Suona il telefono: è Claudio! meno male! Si affanna a dirgli quello che è successo ma Claudio taglia corto. Purtroppo non può andare a prenderla.
Valeria sta quasi per piangere: come non può? lei è pronta, vestita, e forse c'è un assassino che sta tornando su per ucciderla e lui...
Claudio si arrabbia: è inutile che inventi baggianate! se dice che non può andare da lei è perché non può davvero!
Claudio riattacca e lei resta come una stupida appesa alla cornetta, incredula. Poi ha un'esplosione di rabbia che fa scappar via Mela col pelo ritto.

Il condizionatore riprende a ronzare. La tv frigge e

canta "Vengo anch'io! No tu no! "
E' tornata la corrente.
Spegne la tv con un cazzotto. Le viene il singulto per la rabbia. Si riempie i polmoni e trattiene il fiato per farselo passare.
Si sente il rumore dell'ascensore che sale.
Chi può essere? L'assassino che torna per eliminare l'unica testimone?

L'ascensore si ferma ad uno dei piani bassi. Si sente la porta di ferro sbattere. Valeria torna alla finestra per sbirciare in strada. La berlina è sempre là. Perché non vanno via? C'è una sola spiegazione: lei!
Meglio chiamare la polizia.
Le risponde l'agente del Commissariato di zona, con un tono annoiato.
Valeria spiega come può: ha sentito uno sparo in casa di Cartiglia. Sì, lo stilista era tornato a casa. Qualcuno ha sparato e poi due uomini in tuta sono usciti dal palazzo con un grosso tappeto che hanno caricato in una berlina scura.. E la macchina misteriosa è ancora là perché qualcuno ha visto che ha visto.
L'agente promette che manderà degli agenti per un controllo. Ma si capisce che non dà peso alla cosa.

Valeria riaccende la tv. Cerca un canale che si veda meno peggio degli altri. Le immagini appaiono solo a tratti e sono distorte.

- Tu sei l'unica testimone.- sta dicendo un uomo a una donna.
- Ti giuro, Mike, non parlerò con nessuno!

- Lo so, amore, lo so. Non parlerai con nessuno. Mai più.- L'uomo spara una tre colpi di pistola che Valeria accusa per empatia. Crolla sul letto a pancia sotto e ci resta, sfinita dallo stress.

Le prime ombre della sera. La tv manda un fastidioso fruscio da cui emerge a tratti la voce di un uomo:

- Adesso sei mia... ssscccct... finito di fare la puttana in giro...

Mela lecca Valeria sulla faccia che, nel sonno, sorride e sussurra:

- Claudio...

La gatta si ferma perplessa e poi miagola nell'orecchio della donna che spalanca gli occhi svegliandosi. Si guarda intorno, realizza che è quasi buio. Accende una lampada, si stiracchia:

- Non mi dirai che hai di nuovo fame eh? Io per colpa di quello stronzo sono a digiuno da ieri! E funzionasse almeno sto cacchio di tv!
La scuote, le dà un cazzotto, poi si arrende e la spegne.

Dei passi sul soffitto.
C'è qualcuno sul tetto del superattico!
Un cavo ciondola davanti ai vetri della finestra.
Valeria si affaccia e vede un uomo in tuta sul bordo del tetto che armeggia con un cavo .
La donna ha un'esclamazione di paura.

Apre la porta e scappa.

Il pianerottolo è vuoto però la botola di servizio che va sul tetto è socchiusa.

Ci deve passar sotto per correre verso le scale e l'uomo le piomba addosso. Rotolano sul pavimento avvinghiati.

Valeria, folle di terrore, si trova a fissare il bel volto di Gabriele, nuovo per lei e vive attimi di sconvolgente confusione. L'uomo è molto bello ma probabilmente sta per ucciderla.

Le sirene della polizia.

Gabriele la lascia, si alza, la rialza. Si scusa cercando di sistemarle il vestito.

Era andato sul tetto per aggiustare l'antenna del televisore. Da lui non si vede niente.

Valeria continua a fissarlo attratta e terrorizzata insieme.

- Giù al terzo piano voglio dire. Lei vede bene?

Valeria scuote la testa.

- Spero di non averle fatto male. L'ho spaventata?

Fa di nuovo no con la testa ma ancora non riesce a parlare.

L'uomo le dice di chiamarsi Gabriele e di essere ospite della famiglia del terzo piano. Loro sono andati via tutti e gli han lasciato le chiavi. Però il televisore non funziona.

Valeria, appena si sente in grado di farlo, fugge giù per le scale a grandi balzi. Gabriele si sporge per seguirla con lo sguardo.

Giovanni sta già salendo seguito da due agenti. E'

corrucciato.

- Ha chiamato lei la polizia signorina?
- Sì. Qualcuno ha sparato.
- Mannaggia l'America Latina! Il Maestro se la prenderà con me. Una volta va bene, ma due...
I due agenti salutano Valeria, godendo solo nel guardarla.
Una delle porte del terzo piano è socchiusa ma Gabriele non c'è più.

Giovanni suona alla porta di Cartiglia. Una lunga scampanellata ma nessuno risponde.

- Non c'è nessuno. Visto? La signorina si è sbagliata.
- Apra. Dobbiamo fare un sopralluogo.- ordinano gli agenti e Giovanni sospirando deve obbedire.

I due poliziotti entrano nell'appartamento: tutto è in ordine. Non c'è nessuno.

- La signorina ha detto che il signor Cartiglia era tornato a casa.
- Mannaggia l'America Latina, no! Il Maestro è partito stamattina con la famiglia per le vacanze.
- Ma Giovanni...- protesta Valeria. Il portiere fa una faccia supplichevole:
- La prego, signorina, la prego. Io sono il responsabile qui, capisce?, il responsabile! Qui non è successo niente, ha visto? E se non è successo niente perché mi vuole far perdere il posto, eh?
Valeria annuisce confusa, poi:
- Giovanni, è venuto qualcuno a stare al terzo piano?
- Come a stare? Al terzo vive il dottor Sacchi con la

contessa Gallo Barbisio .
- Un parente. Un amico. Per pochi giorni.
- Non che io sappia.-

I due agenti riaccompagnano Valeria nel suo appartamento. Lei si affaccia alla finestra per mostrare loro la berlina, ma adesso in quello spicchio di strada c'è solo l'auto della Polizia.
I due agenti le fanno firmare un verbale.

Valeria non è affatto tranquilla. Fa la carina coi due convincendoli a bussare alla porta del terzo piano per controllare i documenti dell'uomo che le ha detto di chiamarsi Gabriele.

- Mi è saltato addosso poco fa.
- Illegalissimo. Ma come dargli torto!- sospira uno dei due agenti facendole l'occhietto. Lei risponde con una risatella idiota.

Gli agenti promettono e Valeria spia dal pianerottolo. Vede i due suonare al terzo piano e Gabriele apparire sulla soglia. Parla con loro, mostra un documento, ride e si volta a guardare in su. Stavolta Valeria è lesta a ritrarsi. Poi sente i due agenti che salutano Gabriele e se ne vanno.

Suona il telefono. E' Claudio. Parla piano e scandisce le parole:

- Valeria scusa.
- Senti schifoso...
- Valeria frena. Hai ragione tu. Lo stronzo sono io. La

radio ha appena detto che han trovato Cartiglia cadavere. Dicono che si è suicidato a Subbiaco.

- A Subbiaco? L'hanno ammazzato qui. Se tu avessi voluto ascoltarmi...

- Ti ho detto che hai ragione. L'hai detto a qualcun altro?

- A qualcun altro? L'ho detto a tutti quelli che han voluto ascoltarmi! Anche alla Polizia!

Claudio non risponde.

- Hai capito? Pronto! Claudio?

- Sì ho sentito. Adesso senti tu: se è andata come dici, e adesso ti credo al cento per cento, sei in pericolo. E in casi così la Polizia non serve. Anzi.

- Anzi? Che vuoi dire?

- C'è la politica di mezzo e non puoi contare sulle istituzioni. Non ti muovere da casa finché non ti telefona un amico mio: si chiama Jack Miglietti. E' un esperto. Fai come ti dirà lui.

- Ma... Claudio, non puoi venire tu?

- Amore, no. Ma di Jack ti puoi fidare. E' un pezzo grosso dei servizi. Ti chiamo appena posso.

Claudio interrompe la comunicazione e Valeria riattacca angosciata. Riaccende la televisione che sta mostrando immagini traballanti di repertorio del celebre Armando Cartiglia e la voce del commentatore dice che si è sparato un colpo alla testa nel boschetto adiacente al convento di Subbiaco in cui si era ritirato con la famiglia per gli esercizi spirituali. La sua situazione si era aggravata con l'arrivo in Procura di estratti conti di una banca delle

Bahamas che sembra lo inchiodassero a precise responsabilità.

Suona il campanello. La donna si avvicina all'uscio incerta. Il campanello suona di nuovo.

- Chi è
- Gabriele, signorina. Volevo scusarmi per prima. L'ho spaventata senza volerlo.
- Va bene. Scuse accettate. Ma adesso se ne vada perché non sono sola. Capito?
- Oh! Mi scusi.

Si sente il passo dell'uomo che scende in fretta le scale. Valeria torna verso la tv che sta intervistando la signora Cartiglia che, per quel che permette di vedere l'effetto neve sullo schermo, non sembra troppo scossa per la morte del marito.

- Non avrebbe mai tradito gli amici.
- Signora, si è parlato di mafia.
- Per carità! Il mio Armando frequentava solo persone molto note e perbene.

Suona il telefono. Stavolta è una voce profonda. Dice di chiamarsi Jack Miglietti, amico di Claudio. Valeria risponde che lo sta aspettando, ma l'uomo preferisce non incontrarla nel suo appartamento, meglio che scenda e si faccia trovare tra venti minuti accanto alla fontana dei Quattro Fiumi in Piazza Navona. Valeria esita ma poi accetta.

La più bella piazza di Roma, forse del mondo. Le luci che illuminano le statue le rendono ancora più suggestive. Col fresco della notte, gruppetti di turisti e qualche romano, vagano per tra le fontane.

Valeria, vestita con un abitino pastello, un foulard sui capelli e occhialoni scuri che le mascherano il volto, si ferma davanti alla celebre fontana del Bernini. Si guarda intorno.
Un giovanotto in T-shirt e jeans attillati le sorride:

- T'arisurto?- chiede.
- M'arimbarzi.- gli risponde Valeria riprendendo a camminare.

Qualcuno la prende sottobraccio e la voce di Miglietti le sussurra:

- Continui a camminare come se fossimo vecchi amici. Sono Jack.

Valeria dà un'occhiata all'ometto non appariscente, di età indefinibile, che l'ha presa sottobraccio:

- Piacere. E Claudio?
- Claudio chi?

La donna si ferma di colpo. L'ometto la fissa strizzando gli occhi, sforzandosi di padroneggiare l'imprevisto. Realizza:

- Ah, Claudio, sì, Claudio, certo. Affari gravi. E poi non è del mestiere.
- Si chiama Gianni, il bastardo?
- Eh? Chi? Claudio? Beh... sì, si chiama Gianni. Si

chiama anche Gianni ma adesso non c'è tempo.
Senta signorina, da quel che ho capito, lei è l'unica a
sapere che Cartiglia è stato suicidato a casa sua e poi
portato a Subbiaco. E' così?
- Che fa il porcone? James Bond?
- No, no. Lui si occupa di contrattualistica
internazionale. Grossi affari. At&T, Microsoft, roba
grossa. Ma dobbiamo parlare di lei, signorina, non di
lui. Lei è in pericolo grave.

Valeria scuote la testa: ha sentito uno sparo
provenire da quell'appartamento ma anche Giovanni,
il portiere, può testimoniare che Cartiglia a
mezzogiorno era tornato a casa dopo aver fatto finta
di partire con la famiglia, quindi lei non è l'unica
testimone.

-Le cose sono molto più complicate di così. Gianni....
cioè Claudio, insomma lui mi ha detto che tiene
tantissimo a lei.   Non deve più tornare in
quell'appartamento. Sparisca per un po'. Se ha
qualche amica, qualche parente. Due giorni, il tempo
di prepararle un'identità di copertura in modo che
possa nascondersi davvero: Brasile, per esempio.

Valeria guarda l'ometto incerta.

- Gliel'ha detto il puzzone di dirmi questo?
- Ma no, io...
- Sì che gliel'ha detto quello stronzo. Ho capito. Ha
saputo del suicidio di Cartiglia ed è venuto a sparare
un colpo di pistola per liberarsi di me. Ecco perché
sapeva della corrente, l'aveva tolta lui, il coglione. E

tu eri uno dei due merdosi in tuta che han portato via il tappeto, vero?
-Ma no!
- Dì la verità. La moglie del bastardone ha svagato e lui mi vuol levare dalle palle. Mi ha fatto stare tutto il giorno in casa , il fetentone. Beh, digli una cosa: che vada a fare in culo da qui all'eternità.

Si strappa dalla presa dell'ometto e se ne va a grandi falcate. Si leva il foulard dai capelli, sgrulla la testa liberando la sua lussureggiante capigliatura bionda, si toglie gli occhialoni scuri e si avvia verso casa a passo deciso.

Davanti al portone del palazzo ci sono auto della polizia e un'autoambulanza. Valeria si avvicina preoccupata. La moglie del portiere si sta asciugando le lacrime mentre due portantini caricano una barella nell'ambulanza.

- Che è successo?
- Una disgrazia. Sembra che sia caduto dal tetto.

Valeria si deve appoggiare al muro perché sente la realtà ruotarle intorno.
La portiera la vede e la aggredisce come una furia: è tutta colpa sua! E' lei che ha chiamato Giovanni che non ci doveva andare sul tetto perché era fuori servizio! E' lei che l'ha ucciso! Lei e la sua maledetta antenna da aggiustare!

Valeria la abbraccia bloccandole le mani e la donna si abbandona in quella stretta scoppiando in un pianto convulso.

- Ci volevamo bene, noi! Ci volevamo bene anche se diceva sempre "mannaggia l'America Latina!- e giù a singhiozzare forte. Valeria è commossa e spaventata.

- Quale antenna, signora? Io non ho mandato Giovanni ad aggiustare niente!
- Non è stata lei? E allora chi è stato che l'ha fatto andare sul tetto! Non c'è nessuno nel palazzo! Nessuno!

Valeria alza gli occhi verso le finestre del terzo piano. Sono buie ma dietro ai vetri neri le pare di scorgere qualcosa di chiaro che si muove. Mormora:

- Qualcun'altro c'è. Al terzo piano.

La portiera singhiozza e scuote la testa: nel palazzo non c'è nessuno. Poi la fissa disperata negli occhi:

- Sa perché?
- Perché cosa?
- Perché diceva sempre "mannaggia l'America Latina"?- Valeria scuote il capo.
- Perché il mio povero Giovanni mi ha conosciuto ad un concerto in onore dell'America Latina... diceva così ma mi amava, come il primo giorno...-

L'ambulanza parte e uno degli agenti costringe la portiera a staccarsi da Valeria: devono farle delle domande.
L'agente guarda Valeria, contiene la sua ammirazione dandosi un tono ufficiale, burbero:

- Lei abita nel palazzo?
- Sì
- Dov'era al momento dell'incidente?
- A piazza Navona.
- Con chi?
- Con uno. Perché? Pensa che non sia stato un incidente?
- Le domande le faccio io. Lei vadi a casa e non esca prima che di essere stata interrogata.

Valeria esita, poi annuisce ed entra nel portone.

- Vadi, vadi...- mormora.

Il cellulare sul comodino suona. Valeria non fa in tempo a rispondere ma subito dopo suona il telefono a filo: è Claudio.

- Non dovresti stare lì. Hai parlato con Jack?
- Sì, c'ho parlato figlio di troia. Mi vuoi mandare in Brasile? E io ti mando a fanculo!

Riattacca con rabbia, le lacrime agli occhi. Poi però inizia a buttare le sue cose dentro le valige. Suona di nuovo il telefono: è sempre Claudio.

- Non è come credi tu. Ti ammazzeranno. Lo sanno che sei l'unica testimone.
- Lo sanno eh? Adesso sì che sono l'unica perché han buttato giù dal tetto quel povero disgraziato! E come lo sanno? Gliel'hai detto tu?
- Sì.
- Coosa?

Claudio è legato ad una sedia. Il suo volto è pieno di lividi e sangue. Intorno a lui, nell'ombra, degli uomini. Uno gli tiene il telefono accanto alla bocca.

- Perdonami. Ti ho messa lì apposta per farti sentire lo sparo, sperando che vedessi qualcosa. Avevamo bisogno di un testimone. Abbiamo bisogno di un testimone. Non posso spiegarti adesso. Ricatti e controricatti.
- Cartiglia l'hai ammazzato tu?
- E' il mio lavoro.
- Uccidere la gente?
- Non posso spiegarti. Ma adesso lascia quella casa.
- Dimmi una cosa: quello che è venuto per uccidermi è uno alto, bello, sui trenta...
- Non sto scherzando. Va via da lì, va dove vuoi ma va via!
- E' pieno di poliziotti. Non posso.
- Non devi dire niente alla polizia. Valeria, scappa! Va via!

Uno degli uomini che sta accanto a Claudio gli spara in testa, senza preavviso, con una pistola silenziata.

Il flop del colpo giunge chiarissimo fino a Valeria che strilla isterica:

- Claudio? Claudioooo!

Click. Hanno riattaccato.
Valeria resta con la cornetta in pugno.
Incerta.
La posa.

Riprende a riempire le sue valige ma si blocca colta da un pensiero.

Spegne la luce e va alla finestra: giù in strada ci sono ancora le macchine della polizia.

Torna verso le valige e le chiude. Afferra Mela e la ficca in gabbia. La gatta miagola irritata:

- Buona, Mela. Il problema è: dove andiamo?

Suonano alla porta. Valeria si immobilizza, al buio. L'unico chiarore è quello lunare che entra dalla grande finestra. Suonano di nuovo. Poi qualcuno bussa.

-Valeria!- sussurra una voce d'uomo e la donna ha un brivido di paura: mio dio, Gabriele, l'assassino!

Lei trattiene il fiato ma Mela miagola. Gabriele torna a bussare:

- Valeria, se ci sei ascoltami. Ti vogliono uccidere. Finché stai qui, sei al sicuro. Un altro morto in questo palazzo sarebbe davvero troppo. Ma appena esci ti prendono e ti suicidano. Però rispondimi. Devo sapere se ci sei, lo capisci Valeria?, se ci sei resto qui per proteggerti, ma se non ci sei devo correre a cercarti. Tu sei essenziale adesso. Sei l'unica che può testimoniare che Cartiglia non si è suicidato. C'è di mezzo gente molto importante. Un giro di miliardi colossale. Hai in mano i destini di un bel pezzo di repubblica. Valeria? Valeria? Mi senti?

Sente ma non risponde, si torce le mani disperata.

Apre la bocca ma poi non si decide a parlare. Solo Mela si rimette a miagolare, chiusa in gabbia.

- L'hanno fatto apposta. Gli assassini di Cartiglia volevano un testimone. Tu eri la loro assicurazione sulla vita, capisci? Avevano paura di essere fatti fuori anche loro da chi li aveva mandati ad ammazzarlo. Capisci la loro situazione? Non potevano rifiutarsi ma avevano paura di essere uccisi. Così qualcuno ti ha messo qui perché vedessi, sentissi. Qualcuno di cui ti fidavi, che sapeva di poterti manovrare a suo piacere.

Gli occhi le si riempiono di lacrime. Le labbra le tremano per la rabbia. Gabriele continua da fuori:

- Non devi avere paura di me. Io sono dei Ross, i corpi speciali. Tenevamo d'occhio Marco da parecchio tempo e così ho finito per tenere d'occhio anche te. Beh, non era spiacevole. Peccato che ti bevessi tutte quelle stronzate. Marco non è mai stato sposato però ha ammazzato un sacco di gente. Per soldi, capisci?

Claudio, Gianni, Marco, un killer... sta per dire qualcosa ma Gabriele infila un chiavistello nella serratura.
Si sente un primo scatto.
Valeria trema di paura.
L'uscio sta per cedere e la paura diventa terrore: .scavalca il davanzale della finestra e si incammina lungo il cornicione del palazzo, verso la mansarda che si affaccia sull'attico di Cartiglia.

L'uscio si apre e Gabriele entra nell'appartamento buio.

La gatta miagola.

L'uomo accende la luce: l'appartamento è vuoto, la finestra è spalancata. Corre a guardare.

Valeria striscia lungo la parete del palazzo, cercando di non guardare sotto.

- Non fare stronzate! Torna qui, ti prego!

La donna si volta a guardare Gabriele e per poco non perde l'equilibrio. Guarda sotto e urla . Si addossa tremando alla parete, le guance rigate di lacrime. Si allontana , strisciando la schiena al muro.

Gabriele scavalca a sua volta il davanzale.

Valeria cerca di spostarsi più in fretta che può verso la finestra chiusa della mansarda.

La finestra si apre e appaiono due poliziotti in divisa.

La donna ha un singhiozzo di sollievo:

- Oh ragazzi... ragazzi...- e si avvicina ai due che le tendono le mani per afferrarla.

- Valeria! Non sono poliziotti! Maledizione! Ma le donne non hanno un istinto per queste cose? Io sono il buono e loro sono i cattivi!

Valeria si blocca incerta.

Uno dei due poliziotti ha un largo sorriso e sale anche lui sul cornicione. Parla con un simpatico accento toscano:

- Ovvìa, mi dia la mano signorina. Ma chi è quel bischero che dice che non siamo poliziotti?
- E' l'assassino di Giovanni il portiere. - dice Valeria d'un fiato - L'ha buttato giù dal tetto.- e afferra la mano dell'agente che la tira a sé.
Gabriele urla disperato:

- No, Valeria!

La finestra si chiude alle spalle della donna.
Nel buio l'agente la tiene stretta.

-Grazie, agente. Mi lasci adesso.

Ma quello non la molla.

- Pensi tu a quel bastardo, là fuori?- dice all'altro che annuisce e strizza le poppe di Valeria con entrambe le mani:

- Peccato però, sprecare tanta grazia di dio.

La donna non ha tempo di reagire. L'uomo che la tiene la colpisce alla radice della nuca con il taglio della mano. L'ultima cosa che Valeria vede è un grosso tappeto semisrotolato. Ci cade sopra.

Uno dei falsi poliziotti entra, pistola silenziata in pugno, nell'appartamento di Valeria e scorge la sagoma di un uomo oltre le tende della finestra, sul cornicione. Si avvicina con cautela e poi spiana l'arma:

- Vieni dentro con le mani alzate, amico.

La sagoma non si muove e l'agente si affaccia pronto a tutto, meno che a vedere una giacca appesa ad una gruccia che simula la figura di un uomo. Non vede altro perché Gabriele sbuca da dietro una poltrona e lo stordisce con un pugno sulla testa. Gli prende la pistola ed esplode due colpi . L'altro falso agente sente il rumore dal pianerottolo dove ha trascinato il grosso tappeto arrotolato da cui spuntano i piedi di Valeria. Si affaccia tranquillo:

- L'hai sistemato, ho sentito...
- Sentito male- commenta Gabriele colpendolo sulla testa.

Quando il tappeto si srotola, sul pavimento, la donna rotola anch'essa riaprendo gli occhi.   Si trova a fissare quelli di Gabriele. Si guardano a lungo.

-Scelgo sempre gli uomini sbagliati.- ammette Valeria immusonita.

Vede i due poliziotti legati schiena contro schiena e imbavagliati, che li fissano con occhi pieni di rabbia.

- Non chiami la polizia, quella vera?- chiede cercando di alzarsi. Gabriele scuote la testa:

- Meglio non fidarsi della Polizia. - spinge giù la donna e si piega su di lei accarezzandole il volto :

- Certo che il tuo istinto di donna è un po' deviato.

-Non del tutto però...- e lo bacia in bocca.

Gli occhi sempre più sbarrati dei due falsi agenti legati e imbavagliati fanno immaginare quello che stanno vedendo. Si sentono ansimi e gemiti. Poi la voce di Valeria, rauca:

- Quei due ci guardano...
- I testimoni sono importanti, non credi?-

FINE

LA CROCIERA DEL "REVENGE"

Il panfilo "Revenge" si dondola all'ancora nella rada incantata di Acapulco.

E'una motonave che il mitico miliardario Howard Prescott ha trasformato in grande yacht da altura.

La barca è illuminata, un'orchestrina suona allegre musiche messicane, lo stuolo di camerieri e inservienti è pronta ad intervenire: si attendono ospiti, ospiti di gran riguardo.
Howard Prescott è uno degli uomini più ricchi del mondo eppure di lui il mondo sa poco.
Di carattere schivo, dirige le sue multiformi attività economiche da un attico di Manhattan che raggiunge con il suo elicottero atterrando sul terrazzo del grattacielo.
Della sua vita privata non si sa nulla, ma non esiste grande finanziere e affarista internazionale che prima o poi non si sia imbattuto contro il "muro" Prescott.
Dal petrolio all'acciaio, dall'uranio ai calzini di cotone, nel gioco delle sue mille aziende il cui incrociarsi di partecipazioni sembra un rompicapo cinese, la mano di Prescott arriva dovunque e se si stringe, soffoca.

Ricevere un invito da Prescott per una crociera alle Galapagos e poi nelle Tuamotu è un evento unico e poiché il miliardario è famoso per sua pragmaticità, chi lo riceve è ben sicuro che non si tratta di una vacanza. Se non è vacanza è business e con Prescott l'unità è il milione di dollari.

Otto von Formis, ultimo rampollo di una lunga dinastia di re dell'acciaio, ha lasciato il suo palazzo di vetro di Essen in Germania, ha scelto tra le sue accompagnatrici la più bella, ha noleggiato un aereo e ora sta salendo sul motoscafo con cabina che funge da pram per il Revenge.

Otto ha 50 anni, robusto come un toro, tedesco di quelli che andavano avanti a birra e marchi e detestano l'euro.

Helga, la sua accompagnatrice appartiene alla strana fauna delle hostess personali. Se Otto la vuole a letto non si nega, ma poiché parla sei lingue e ha due lauree, è difficile catalogarla.

Con una candida cadillac appare in banchina Eva Schneider, la grande ex. Negli anni Settanta non c'era camionista americano che non avesse un suo nudo attaccato alla cuccetta.

Ex pin-up, poi ex diva del cinema, poi ex moglie del re degli hotel, e infine vedova del grande Michel Hood, re delle televisioni, morto in un incidente aereo.

Da vedova molto consolabile, Eva ha saputo tenere ben ferme le redini dell'impero ereditato, estendendo anzi le sue attività come una piovra in molti settori affini e non. Si accompagna da qualche mese con Janine, una bella creola che intona con la tappezzeria della sua auto.

Yuri Orloff, altro invitato, scende da un normale taxi e si avvia lungo la banchina con un sacco da marinaio in spalla. Consegna con un sorriso di curiosità l'invito che ha ricevuto al marinaio del motoscafo che lo porterà sul Revenge.

Yuri è simpatico, ancora giovanile, discendente da una nobile famiglia di russi bianchi fuggiti dopo la rivoluzione, non ricorda di avere mai avuto a che fare col miliardario Prescott, tuttavia è abituato a ricevere inviti da sconosciuti, "per via del bridge se a invitare è un maschio", aggiunge con un sorriso.

Attanasio Kalantzis stazza un quintale abbondante. Greco, armatore e amatore a dispetto della ciccia, famoso per ricoprire le proprie donne come alberi di natale con brillanti da tre carati in su.

Attanasio ricorda bene Prescott, ma non il miliardario, ricorda il Prescott dei primi tempi, tempi duri, quando facevano i mozzi sulle carrette del Pireo. E' passata una vita da allora e non ha idea del perché dell'invito.

Attanasio odia il mare forse perché deve a lui tutto il suo denaro. L'ultima cosa che desidera è fare una crociera nell'Oceano Pacifico, ma dire di no a Prescott o ignorare il suo invito gli è stato sconsigliato dal suo ufficio di PR poiché hanno in costruzione una superpetroliera di un gruppo multinazionale manovrato da Prescott.

Anche l'avvocato Giò Benelli ha meditato a lungo sull'invito del miliardario americano. Da dove poteva venirgli e perché? C'era forse qualche aggancio con quella operazione fatta in Africa per conto della CIA, oppure col fallito golpe in Sudamerica? O non sarà per quella corruzione di magistrati nel caso Enron?

Oppure Prescott sta dietro al traffico d'armi? In ogni modo rifiutare non è pensabile ed eccolo lì anche lui.

Jean Remy ricorda un hippy ma sul dark. Guarda tutto quel viavai di VIP con ironia, addenta una mela e mastica con gusto. Senza bagagli, senza scarpe, senza pettine, è arrivato così da Parigi dove ha fregato il biglietto d'invito al suo grande nonno, Jean Remy anche lui: un grande nonno rincoglionito che tanto ad Acapulco non ci andrebbe mai perché ha paura delle navi e terrore degli aerei. Più in generale, Jean Remy junior sa che il vecchio nonno ha paura di morire. Perché la morte è perdita totale di potere e anche a farsi seppellire coi propri tesori come i faraoni serve solo ad alimentare il traffico dei tombaroli.
 Jean junior non odia né disprezza il nonno, si limita a non capirlo ma non ne fa un dramma, lui non capisce quasi niente di quel che fa la gente e del perché lo fa. In fondo non sa neppure perché abbia preso quel biglietto e sia partito senza dir niente a nessuno, non lo sa non se lo domanda.
Quando vede, a sera ormai tarda, che il comandante del Revenge continua a far su e giù per il porto, salta giù dalla bitta su cui è rimasto seduto per due ore e mostra il biglietto d'invito. L'occhiata perplessa del comandante lo diverte: vuol controllare il suo passaporto?

A bordo a ricevere gli ospiti c'è una signora, gentile, cordialissima con tutti, assegna le cabine, provvede ad ogni cosa e chiede scusa per conto del signor Prescott che ha avuto un lieve attacco di spleen e non può lasciare la cabina, tuttavia la nave salperà all'orario stabilito e l'anfitrione desidera che i suoi ospiti facciano conoscenza e che dispongano di ogni cosa come fosse propria.

La nave lascia la baia di Acapulco con una luna piena bassa sull'orizzonte, un mare da favola, orchestrina in sordina, caviale, aragosta e salmone nei piatti, champagne come acqua minerale ma è tutta gente che non ci fa troppo caso.

Si chiacchiera, ci si conosce. Si parla soprattutto di Howard Prescott. Chi l'ha conosciuto racconta aneddoti, tranche de vie, chissà se veri o falsi, chi non l'ha conosciuto racconta aneddoti, tranche de vie, letti o sentiti dire chissà se falsi o veri.

La figura di Howard Prescott acquista ancora più ombra: chi lo vuole timido ma generoso, chi astioso e vendicativo, chi dice che sia omosessuale e chi sempre in fregola con donne pagate per tenersi sempre a disposizione, chi dice che ha una villa sul Grand Caňon, chi invece parla di una residenza sui laghi canadesi, chi lo vuole quasi eremita e chi alla marchese DeSade.

Il mare è sempre dondolante d'onda lunga, l'aria dolce, la prua puntata verso l'equatore, le Galapagos a mille miglia richiederanno tre notti e due giorni di navigazione poiché, come spiega il capitano, il Revenge tiene la bella media di 35 nodi.
Revenge vuol dire vendetta, strano nome per uno yacht, ma nessuno ci fa caso.

Hovard Prescott resta invisibile anche nei due giorni seguenti. La signora che. lo sostituisce e tutto il personale di bordo fanno a gara per rendere piacevole il soggiorno agli ospiti.

Il contatto tra persone così diverse ha già creato attriti o simpatie: Yuri insegna il bridge a Eva Schneider che coi suoi cinquanta anni passati è sempre una splendida donna e punta Yuri come una mantide il maschio.

Giò Benelli, democratico nato, si farebbe Janine, l'accompagnatrice tuttofare creola, ma non vuole farlo capire troppo e poi, gentiluomo latino, teme di offendere la padrona.

Formis passa ore nella sala radio in mezzo a quotazioni azionarie di mezzo mondo e a dispacci delle borse merci dell'altra metà, Helga prende il sole e sopporta Attanasio che gli parla della purezza delle montagne e delle sue petroliere che lavano le stive al largo.

Jean Rémy passa ore a poppa a buttar da mangiare ai pescecani che affiorano nella scia.

La curiosità di tutti è su Prescott: c'è o é tutta una presa in giro?
La sua cabina è sorvegliata da due grossi marinai. i vassoi dei cibi entrano pieni ed escono quasi vuoti: là dentro c'è qualcuno e mangia.

Appaiono prima le Galapagos e per alcune ore Prescott viene dimenticato. Isole fuori dal tempo, le iguana arrampicate sulle rocce brunite, immobili mostri preistorici mummificati.
Jean gioca con le iguane e si trova accanto Helene, francese, simpatica, nipote del padrone dell'albergo locale. Fanno l'amore sulla spiaggia illunata, in sincronia con la faticosa deposizione delle uova delle testuggini.

Ma il Revenge sosta solo per fare scorta d'acqua e viveri freschi, poi fa prua verso le Tuamotu, un bel balzo di più di. quattromila miglia di oceano aperto e fuori dalle rotte commerciali.

Jean Remy non è abituato a rinunciare, vuole poco ma quando vuole tira fuori le unghie come il suo grande nonno rincoglionito. Lui ora vuole Helene ma non gli va di stare alle Galapagos chissà fino a quando. Per cui Helene deve andare sul Revenge.
Per lo zio galapaghegno basterà lasciare un biglietto da leggere quando il Revenge sarà partito e per Prescott basterà presentarsi quando si sarà in navigazione: lo zio albergatore non si getterà in mare all'inseguimento e Prescott non butterà Helene in mare solo perché non ha il cartoncino d'invito (oh sì?). Helene è abbastanza matta da accettare.

Quando le Galapagos sono lontane, Jean tira fuori Helene nascosta in uno dei motoscafi che fungono da pram e che in navigazione sono assicurati in coperta e ora deve ricevere la benedizione di Prescott.

La signora che ne fa le veci è molto contrariata della pensata di Jean, più di quanto l'educazione vorrebbe, tanto che Jean si arrabbia e comincia a sbraitare davanti alla cabina del miliardario: si può o non si può parlare con questo cavolo di Prescott?

I marinai afferrano Jean senza tante cerimonie ma da dentro una voce sonora e secca ordina di "fare entrare".
Jean viene spinto nella cabina. E' buia, gli oblò sono condannati dai portelli come in preparazione di chissà quale tempesta.
Prescott (ma sarà lui?) dalla cuccetta si scusa per il buio ma la luce aggrava il suo spleen. Vuole sapere il perché delle grida. Jean spiega un po' imbarazzato e aguzzando gli occhi. Distingue una forma umana distesa nella cuccetta. Quell'ombra muove un braccio e continua con voce roca:

- Se l'universo è un ologramma sullo schermo di un computer, a te ti deve aver ficcato dentro un hacker.

Jean la prende come un'accettazione.

La notte è calda, umida, afosa.
Il Revenge procede veloce lungo la linea dell'equatore puntando ad ovest. E' la zona detta delle "calme dei cavalli" poiché gli antichi velieri che ci incappavano restavano fermi per intere settimane e gli equipaggi erano spesso costretti a uccidere e mangiarsi i cavalli che di solito portavano nelle stive.

Nel salone si fa un bridge; gioca Orloff in coppia con Eva contro Formis in coppia con Helga: una partita stanca, annoiata, troppo facile per Orloff che quando si permette di criticare il gioco di Formis ne solleva l'animosità: lui è abituato a ben altri giochi di quelle fesserie con le carte! Eva sorride:

- Eppure il bridge comporta valutazioni e abilità molto simili a quelle che si incontrano nella realtà un uomo d'affari...

In disparte Giò Benelli sta tracciando con Attanasio le linee di. un certobusiness: Giò conosce chi è disposto a pagare noli dieci volte più alti occupando appena un terzo delle stive. Il resto del carico può essere regolare, meglio però se di roba pericolosa che tiene lontani i curiosi, per esempio piombo tetraetile o scorie nucleari. Attanasio è molto interessato: potrebbe utilizzare certe vecchie carrette così anche se qualcosa va storto si fa un bel buco nella stiva è il mare copre tutto. E i marinai? Ah, quelli! Beh, sono strapagati e sanno i rischi che corrono.

Uno alla volta, entrano nel salotto i camerieri e i marinai: senza dare nell'occhio si dispongono a tre metri uno dall'altro, appoggiandosi alle murate.
Che stia succedendo qualcosa di strano, gli ospiti se ne rendono conto quando vedono irrompere nel salone, sbattuti dentro senza tanti complimenti, Jean Remy ed Helene, seminudi, strappati dal letto sul più bello. Ma non c'è tempo per troppe proteste: marinai e camerieri hanno ora un atteggiamento

assai diverso dal solito e ognuno di loro impugna una pistola.

Le proteste cambiano in esclamazioni di paura. Appare il comandante che annuncia col tono di un araldo:

- Il signor Howard Prescott!

Seduto su una carrozzella, spinto dalla signora che ne ha fatto le veci, entra uomo con metà del volto irrigidito da una paresi. Magro, asciutto, sulla settantina con occhi grigi vivissimi. Il suo ingresso spegne esclamazioni e proteste.

Howard guarda tutti uno ad uno e si ferma su Helene. I due si fissano per un momento poi sentenzia:

- Cara nipote quando si va ad una festa senza essere invitati, si prende quei che si trova.

Helene non risponde. Jean resta a bocca aperta.

Attanasio si muove col suo quintale verso Howard, largo sorriso cordiale, mani tese per una stretta amicale. Hovard ha una mezza smorfia di ribrezzo ma anche la metà del viso che resta immobile esprime repulsione.

- Non mi toccare. Mi fai sempre schifo.- Attanasio non si lascia smontare:
- Dai Howard, non me ne vorrai per quel peccatuccio di gioventù... Eri un mozzo biondo e liscio, delizioso... In fondo poi mi hai rubato il mestiere,

no? Dimmi invece che significa tutta questa messinscena?

- Sono qui per spiegare – annuisce Howard – Né io né voi abbiamo mai creduto a dio e a una giustizia divina e in quanto a quella degli uomini siamo stati tutti maestri nel comprarcela. Sono certo che nessuno di voi conosce la M-Theory secondo cui ogni cosa è prodotta dalla vibrazione di microscopiche stringhe: se la realtà è un concerto, noi siamo le note stonate. Bene, amici, vorrei accordarvi. Nel senso di rimettere armonia in quello che avete così goffamente e crudelmente distorto. Non voglio gettarvi in pasto agli squali, vi abbandonerò su questa nave. Ognuno di voi si crede un superuomo perché è riuscito ad arrivare ai vertici di questa povera società ma io so di quale vigliaccherie e ignobiltà sono fatti gli scalini. Come disse quell'italiano? Io so di che lacrime gronda e di che sangue... E allora come contrappasso dovrete vedervela uno contro l'altro, senza l'ausilio corruttore del denaro e dei cento tirapiedi .

Formis batte un pugno sul tavolo: e lui che c'entra in quella buffonata? Quando mai se l'è inculato lui il signor Howard Prescott?

Howard lo guarda tranquillo:

- Lei è Herr Otto von Formis? - il tedesco annuisce - Ho letto il suo nome per la prima volta stampato su una lamiera d'acciaio nel 1983.

- Bella scoperta! La mia famiglia è nell'acciaio da due secoli! - sbuffa Formis e Howard annuisce:

- Già, ma era una lamiera dei forni di Birkenau, quando andai a visitare il luogo dove furono gassati i miei genitori.

Formis impallidisce:

- Mio padre era tedesco e forniva acciaio, non poteva certo negarlo a Hitler.
- Giusto. Come lei non poteva negare i milioni di marchi per far vivere lunghe vite felici a Mengele e agli altri in Paraguay, vero? Purtroppo suo padre è morto di un naturale cancro alla gola e mi è rimasto solo lei...
- Ma questo è ingiusto! Io...
- Certo che è ingiusto. E allora? - chiede Howard guardando il tedesco con sguardo ironico. Formis rinuncia e gli volta le spalle con un gesto di stizza.

Howard si fa spingere verso Eva Schneider. La donna sogghigna:

- Ne è passato di tempo da quando mi sbavavi addosso...
- Tanto, sì. sapevo che eri una troia ma non pensavo che fossi anche un'assassina.

Eva si muove verso Howard ma viene bloccata da uno dei marinai e il miliardario continua senza acredine nella voce: lui era amico di Robert Hood, uno dei pochi amici che ha avuto nella vita. Lo scoppio dell'aereo non fu un incidente, ha fatto parlare il meccanico che ha messo una bomba per ordine della cara mogliettina.

Eva starnazza e impreca, urla che è matto. Howard fa un cenno a un marinaio chiude la bocca della donna con un gran ceffone, poi quasi dolce quando le spiega che quello non è un tribunale e che non deve dimostrare niente: tranne che provare a sopravvivere.

Jean Remy si gratta e guarda Howard: lui teme di non essere della partita, ma certo anche per lui vale quanto detto per Helen: chi va ad una festa senza essere invitato, prende quel che trova.

Howard sorride e annuisce: il Jean Remy che ha invitato lui, ha quasi ottant'anni.

- Quello non sarebbe venuto mai. Non prende più neanche l'ascensore per paura che caschi. Qual è la carognata di cui si voleva vendicare?

Howard scuote la testa: non è carino parlar male degli assenti.
Giò Benelli è rimasto al suo posto a giocherellare con un accendino.

- Lei avvocato non vuoi sapere perché è qui?
- No. Tanto lei farà quello che le pare se nessuno glielo impedirà.
- Le dirò solo questo. Ho avuto un unico figlio, stava all'Accademia Aeronautica. E' morto su un P104. Erano difettosi quei P104, avvocato Benelli. E lei lo sapeva, il suo cliente lo sapeva, chi aveva preso la tangente per quella fornitura lo sapeva. Bene, non

c'è altro. Consideratevi miei prigionieri per stanotte. Domattina saprete il resto.

Howard se ne va, spinto fuori dalla donna che lo accudisce.

I marinai, armi sempre pronte, accompagnano i prigionieri nelle loro cabine.

Jean Remy allunga una pedata ad Helen:

- Nipote eh? Dormi per terra se credi, lurida bugiarda, con me, mai più!

Helene butta un cuscino a terra e si sdraia sulla moquette: adesso può sembrare solo calcolo ma quando lo zio albergatore le aveva detto che in rada aveva gettato le ancore lo yacht di quel misantropo del fratello di sua madre e poi lui, Jean, la invitò a bordo... beh, la voglia di conoscere Prescott giocò la sua parte ma anche la voglia di stare con lui. Poi non pensava Prescott che l'avrebbe riconosciuta: gli speranzosi eredi sono trenta e passa.

Jean finge di russare.

E' quasi l'alba quando un urlo risuona sulla nave superando l'attutito ronfare dei motori. Il comandante raduna a prigionieri strappandoli dalle loro cuccette.

- Chi è stato? Chi è stato? - urla fuori di sé.
- Stato a far cosa? - chiede Benelli.

Il comandante li guarda come fossero tutti insetti immondi mentre la signora piangendo spinge davanti a tutti il corpo di Howard Prescott sgozzato nella sua sedia a rotelle!

- Abbiamo invertito la rotta e ho contattato via radio la polizia di Acapulco: fino ad allora sarete confinati nelle vostre cabine e non potrete parlarvi. A meno che l'assassino non confessi subito...
- Il pazzo era Prescott, non noi... - fa spallucce Formis e ognuno protesta la propria innocenza.

Il sole tramonta a prua del Revenge.

Jean lo guarda dall'oblò della sua cabina cercando di non badare a Helene che si spoglia a un metro da lui: il capitano ha detto di aver fatto invertire la rotta ma la nave continua ad andare a ovest.

E' quasi l'alba quando Formis si sente male ed Helga batte contro la porta della cabina chiusa a chiave dall'esterno. Grida, chiama. Il sordo brontolio dei motori è l'unico segno di vita della nave.

Orloff sente le grida della donna e cerca di sfondare la porta. In pochi minuti tutti i prigionieri picchiano contro le porte chiuse, gridando.

La prima porta a cedere è quella di Kalantzis col suo quintale di peso, il greco riesce a scardinarla e rovina nel corridoio.
Jean, usando un estintore come mazza, riesce a sbrecciare l'uscio e a forzare la serratura.

Jean, Helene e Kalantzis si guardano: i corridoi della nave sono deserti e da dietro le porte i prigionieri continuano a urlare e a picchiare. Jean corre verso la scaletta che porta sul ponte, stacca un ascia d'emergenza e la getta al greco:

- Faccia uscire tutti! - e seguito da Helene sale in coperta. Kalantzis si avvicina alle porte delle cuccette, ma non serve l'ascia: ci sono le chiavi nelle serrature, basta girarle e tutti si affollano intorno a lui cercando di capire quello che sta succedendo.

La cabina di pilotaggio è deserta e la ruota del timone dondola un po' a destra, un po' a sinistra, come se a guidarla fosse una mano fantasma.
C'è un forte odore di gasolio. Lo yacht corre da solo nella notte.
Helene si aggrappa a Jean, in preda alla paura, quella corsa nel nulla mette angoscia. E quell'odore di gasolio prende alla gola.

- Guarda! La radio...la bussola....- Helene fissa quel che resta degli strumenti: qualcuno li ha sfasciati a martellate.

Jean va nella cabina di Prescott e la spalanca: il vento fa gonfiare un lenzuolo sporco di sangue che si avvolge intorno alla sedia a rotelle. La sedia è vuota!

Tutta la nave è vuota: camerieri, equipaggio, macchinisti sono tutti scomparsi e anche il cadavere di Prescott non c'è più.

Non è un sortilegio, come strilla Eva alla povera Janine, perché sono scomparsi anche i motoscafi che facevano da pram per lo yacht. Nessuno è scomparso, se ne sono semplicemente andati tutti.

Una linea grigia a est si va allargando e accendendo di rosa: sta per sorgere il sole.
Tutt'intorno, a 360 gradi, solo oceano. Niente e nessuno.
L'acqua che sciaborda sui fianchi dello yacht è oleosa e puzzolente: il gasolio dei serbatoi è finito in mare.

Nella stiva i due grandi turbodiesel si spengono tossendo, poi, fortissima, la voce amplificata di Prescott fa vibrare le membrane degli altoparlanti sopra la tuga:

- Ci sono novanta razioni di sopravvivenza nella mia cabina. In ogni razione mezzo litro d'acqua che per un giorno dovrebbe bastare. Siete in nove e ne avrete per dieci giorni. Naturalmente se foste solo in otto basterebbero per undici giorni, sette persone potrebbero resistere tredici giorni, sei ce la farebbero per quindici e così via. Una persona sola ne avrebbe per novanta giorni e in tanto tempo così lo yacht sarà avvistato o le correnti lo porteranno su qualche costa, chissà... Scannatevi come solo voi siete capaci di fare e buon divertimento.

La voce termina e resta il fruscio del nastro che gira a vuoto.

In cabina viene trovato il pacco con le novanta razioni di sopravvivenza.

Jean propone di dividerle subito ma Formis si oppone. La situazione è di emergenza e richiede soluzioni forti: distribuire i viveri potrebbe spingere qualcuno a consumarli più in fretta del dovuto e poi che succederebbe? Lasceranno l'incauto a morire di fame o lo butteranno al. pesci prima che spinto dalla disperazione possa diventare pericoloso? Ci vuole disciplina e regole ferree. Un campo in cui i tedeschi non hanno rivali. Ma i nove naufraghi, perché ormai di naufraghi si tratta, sono abituati a dettar legge e non a subirla.
Convengono comunque alcune regole: risparmio della elettricità ormai affidata solo alle batterie, controllo del movimento dello yacht col movimento del sole per capire dove le correnti, se ci sono, lo stanno portando e tutte le razioni verranno chiuse nella cassaforte della cabina di Prescott e verranno distribuite all'alba di ogni giorno.
Uno terrà la chiave e due di loro a turno faranno la guardia in cabina.

Chi terrà la chiave della cassaforte? Si mette ai voti: Formis vince con 4 voti contro i 3 ottenuti da Giò Benelli e i 2 di Jean.
Lasciate fuori le nove razioni per la prima giornata, le altre vengono chiuse in cassaforte.
Si estrae a turno per il primo giorno di guardia e tocca a Orloff ed Eva.

Il sole si è alzato e fa caldo. Eva impreca all'idea di dover stare tutto il giorno chiusa in cabina e accende il condizionatore. Formis lo spegne. Eva lo insulta e il tedesco la butta a terra con una spinta e poi sfascia il condizionatore. Interviene Orloff con rabbia:

- Qui non siamo a Birkenau, Herr Formis! - urla ma subito si blocca: in mano a Formis è apparsa una pistola e il tedesco risponde che se dice un'altra fesseria le razioni dureranno un giorno in più.

Orloff si calma ma Formis non abbassa l'arma e dice a tutti gli altri:

- Adesso che ci penso, il vecchio pazzo che ci ha messo in questo guaio non ha parlato di Orloff. Secondo me questo bastardo è qui per conto di Prescott oppure è stato lui a tagliargli la gola. Allora, cartaio da salotto, trova una spiegazione e in fretta.

Interviene Helen: alla dimenticanza di Prescott può sopperire lei.

Orloff si volta sorpreso a guardare la ragazza, Helene ne sopporta lo sguardo e prosegue raccontando come Orloff, nella sua qualità di ottimo giocatore di bridge, avesse accesso all'alta società e fu implicato nel sequestro di Enrique Cousteau, il multimiliardario della Ekkopetrol. Fu pagato un riscatto di cinque miliardi di dollari ma il miliardario non tornò mai a casa.

Orloff ribatte che fu prosciolto per non aver commesso il fatto, ma Formis abbassa la pistola: la Ekkopetrol era a maggioranza di Prescott. Quel riscatto a vuoto lo pagò lui.

Viene distribuita la prima razione: gallette, margarina, una tavoletta di destrosio, vitamine e mia lattina con mezzo litro d'acqua.

L'impatto concreto con la razione dà a tutti la misura della gravità della situazione.
Masticando piano le gallette e sorseggiando l'acqua tiepida della lattina si sentono davvero naufraghi.

Formis si ficca in tasca la chiave della cassaforte e Orloff ed Eva restano nella cabina di Prescott.

Lo yacht beccheggia piano nel mare di gasolio che ha intorno e che mantiene la superficie dell'oceano liscia e senza onde.

Sole. Mare. Niente vento.

Nel pomeriggio Formis, Kalantzis e Giò Benelli si incontrano in segreto per studiare un piano: è inutile sprecare quelle poche razioni. Se devono sopravvivere i più forti tanto vale eliminare subito i più deboli.
E' criminale per Formis che Helga, che è una qualunque delle sue mantenute, gli possa rubare anche un solo giorno di vita!
E quella specie di vecchia maitresse di Eva Schneider? La creola poi non è neanche in

discussione, per Formis il fatto che sia di colore la equipara a una bestia: la si può tener presente come supplemento alle razioni.

Anche ad Attanasio e a Giò, che non sono inclini ai buoni sentimenti, quelle parole provocano una smorfia di disgusto.

Formis sbuffa: vuol dire che non si sono ancora resi conto della tragicità della loro situazione: sono sperduti in mezzo all'oceano Pacifico, fuori dalle rotte commerciali.

Può darsi che siano fortunati e che qualcuno li avvisti in pochi giorni, ma è più probabile che i tre mesi di cui ha parlato Prescott siano pochi.

Bisogna agire subito e con grande decisione: i primi da eliminare sono i due uomini: Orloff e quel Jean Remy, poi con le donne sarà un gioco.

Attanasio è d'accordo. Giò esita sotto lo sguardo acuto di Formis, ma alla fine accetta. Attanasio e Formis si scambiano un'occhiata: anche Giò è entrato nella lista nera.

Decidono di agire appena fa buio: Orloff e Jean devono essere uccisi senza far rumore, ci sono dei grandi coltelli in cucina e andranno benissimo. Attanasio si occuperà di Jean e Formis e Giò, di Orloff.

Nessuno dei tre si accorge di Helga che, inorridita, ha sentito tutto con l'orecchio incollato dietro la paratìa.

La donna è sconvolta ma si domina e quando Formis la chiama per il massaggio quotidiano, lo esegue come un automa poi dice a Jean e Helene tutto ciò che ha sentito. Bisogna avvertire Orloff e prepararsi alla difesa.

Jean va in cucina mai coltelli sono spariti: questa è una conferma delle parole di Helga.

Jean va a bussare alla cabina di Prescott. Eva apre un poco l'uscio: Orloff non c'è. Le ha detto che aveva bisogno di un po' d'aria e non è ancora tornato. Jean sale sul ponte ma non c'è nessuno. Jean lo cerca anche nella sala macchine ma di Orloff non c'è traccia, sembra aver lasciato la nave! O l'hanno già buttato ai pesci?

Il sole tramonta su un mare di rame fuso.

Helga, tornata da Formis, cerca di comportarsi in modo normale per non sollevare i sospetti del padrone.

Jean torna da Helene senza aver trovato Orloff. La donna vorrebbe barricarsi in cabina ma Jean la convince che la loro migliore arma è la sorpresa: meglio dare l'impressione di essere vittime facili e inermi. Mentre parla mostra alla donna la sbarra di ferro che ha trovato in sala macchine e la posa accanto alla cuccetta. Poi dà la mano ad Helene e vanno in coperta a finire di mangiare quel che resta della loro razione di cibo.

E' buio quando scendono in cabina.

Per risparmiare elettricità tutte le lampadine sono state svitate, per cui i corridoi hanno assunto un'aria spettrale.

Helene si sdraia sul letto e Jean tiene la mano sulla sbarra di ferro. Spengono la luce e restano, tesi, ad ascoltare tutti i rumori della barca.

Un passo leggero in corridoio fa scricchiolare i paglioli di mogano e si avvicina all'uscio della cabina, ma il passo non si ferma, prosegue.
Jean va alla porta e la socchiude: vede l'ombra di Orloff che svolta in fondo al corridoio. Si volta per sussurrare ad Helene che bisogna avvertire il russo e, senza badare alle sue proteste, sguscia fuori. La donna non vuol stare sola, ha paura. Decide di seguire Jean, già scomparso oltre la scaletta in fondo. La luce è scarsa, la nave dondola sull'onda lunga del Pacifico e dà la nausea.

Helene non riesce a capire da quale parte sia andato Jean. Sente una porta cigolare e sbattere . Torna di corsa sui suoi passi chiudendosi nella propria cabina. Un'ombra si leva davanti a lei e la fa urlare: ma è Janine che la supplica di aiutarla. E' certa che Eva e Orloff abbiano deciso di ucciderla: le hanno anche mangiato la sua razione!

Un altro rumore di passi. Qualcuno bussa alla cabina di fronte. E' Giò che chiede a Helga notizie di Formis: avevano un appuntamento per... per una partita e non si è presentato.
Helga apre solo uno spiraglio e nella mano nascosta dietro alla schiena tiene un paio di acuminate forbici: dice a Giò che Formis non è in cabina ma che certo verrà da un momento all'altro. Giò annuisce e se ne va.

E' Janine a trovare Formis: il tedesco è appeso alla gru di alaggio, per i piedi come un porco al mattatoio. Ha un coltello da cucina piantato in pancia e gli intestini fuori che gli nascondono il volto.

La creola urla come una sirena, isterica. Il movimento dello yacht fa dondolare il cadavere di Formis.
Pochi secondi dopo gli otto superstiti sono tutti in coperta a fissare stralunati quel cadavere sventrato. C'è anche Orloff e Jean lo guarda perplesso.
Tuttavia la sorpresa più agghiacciante viene subito dopo: qualcuno ha aperto la cassaforte nella cabina di Prescott e le razioni di sopravvivenza sono scomparse!
Eva giura singhiozzando che lei e Orloff sono rimasti sempre di guardia tranne quando han sentito urlare Janine e sono corsi fuori.

- Quando sono venuto a cercare Orloff stanotte, lei mi ha detto che non c'era...
- Che c'entra? - strilla Eva - era andato a prendere un po' d'aria ma è subito tornato. verso signor Orloff? - Il russo annuisce con un lieve sorriso.

Eva guarda i compagni di sventura: se non ritrovano le razioni moriranno di sete nel giro di due o tre giorni... e scoppia a piangere. Orloff la abbraccia e sorride: tanto quelle gallette non le piacevano, e l'acqua sapeva di latta, no?
Eva piange più forte.

Janine ha una crisi isterica e accusa Eva e Orloff di essere complici e di recitare la scena della disperazione solo per fotterli tutti. Eva scatta come un serpente e colpisce Janine al volto con uno schiaffo. La creola si getta sulla padrona e la stringe alla gola con forza rabbiosa. Eva starnazza, diventa blu ma Janine continua a stringere.

Dopo un'esitazione interviene Jean e salva Eva dalle mani di Janine. Nessuno degli altri si è mosso perché se Eva fosse morta c'era comunque una bocca di meno.

Il corpo di Formis viene gettato in mare e i pescecani fanno festa. Jean li guarda: forse si potrebbe pescare qualcosa. Nessuno ha attrezzi per la pesca, ma una sagola con un chiodo appuntito e ricurvo potrebbe andar bene lo stesso.

Jean e Giò ci provano per ore prima di tirar su un pesciotto da mezzo chilo: meglio che niente, ma il problema più che la fame è la sete. Bisogna ritrovare quelle razioni. Se almeno piovesse si potrebbe raccogliere l'acqua piovana, ma il cielo è pieno di stelle, bellissimo, ma disperante.

- Hanno sabotato i motori e scaricato in acqua il gasolio, però forse l'acqua dei radiatori... - dice Helene passandosi la lingua sulle labbra secche. Jean scuote la testa: i motori marini non hanno acqua dolce per il raffreddamento, si raffreddano con scambiatori di calore in cui circola acqua di mare.
- Chi pensi che sia stato a uccidere quel tedesco? - chiede la donna.

- Kalantzis. E' l'unico che ha la stazza per farlo.-

Un'imprecazione in greco. Un colpo di pistola e poi un urlo belluino. Jean ed Helene corrono fuori.
Quando arrivano nella cabina di Kalantzis, Eva e Orloff sono già lì.
Il greco giace a pagliolo con un coltello da cucina ficcato in gola, lo sguardo sbarrato e un tremito osceno che fa tremare il grasso. Il tremito si gela nella morte.

- Qualcuno ha sparato. Chi ha una pistola? – chiede Jean. Orloff scuote la testa.
- Lei! Lei ha una pistola! - strilla Janine indicando Eva che furibonda la copre di insulti. E' vero che ha una pistola, piccola piccola e la tiene nel beauty-case, in cabina.
- So io dove la tiene! – esclama Janine - Vado a prenderla! - corre fuori inseguita dagli improperi di Eva.
Orloff trattiene Eva: una pistola in giro è pericolosa per tutti. Meglio buttarla a mare.
Arriva anche Giò Benelli: guarda il cadavere di Kalantzis e poi i compagni di sventura. Chiede:

- Chi è stato? - Nessuno risponde.

Orloff si guarda intorno: pistole non se ne vedono, ma l'assassino ha usato un coltello, quindi logica vuole che la pistola che ha sparato fosse del greco e che l'assassino l'abbia presa dopo averlo ucciso.

Frugando per la cabina invece della pistola saltan fuori le razioni rubate, stipate nel gavone sotto la cuccetta di Kalantzis.

Il sollievo dei superstiti è grande e la morte di Kalantzis passa in secondo piano. Chiunque sia stato l'assassino del greco ha fatto fuori il bastardo che aveva rubato le provviste attentando alla vita di tutti. Helene è perplessa e sussurra a Jean che quelle provviste nascoste per modo di dire sembrano essere state messe lì a bella posta per far credere alla colpa del greco. Jean si stringe nelle spalle: forse. L'importante è averle ritrovate.

Helga si affaccia nella cabina e guarda il corpo del greco con occhi pieni di paura: Formis e Kalantzis sembravano i più forti e i più determinati e invece sono morti per primi.

- Ora a chi tocca? - singhiozza la donna. Helene la abbraccia cercando di calmarla.

Decidono all'unanimità di dividersi le razioni e che poi ognuno penserà per sé.

Il pacco viene portato in coperta e le razioni divise in sette mucchi uguali. Ognuno ritira la sua parte e ma ne resta una: quella di Janine che non è ancora tornata. Eva vorrebbe prenderla lei a nome della creola ma Helene si oppone, meglio chiamare Janine. La chiamano a gran voce ma non risponde.
Jean vede un'ombra dentro la cabina di comando, l'ombra di un uomo! Giò Benelli e Yuri Orloff sono in

coperta: non dovrebbe esserci nessun altro uomo a bordo!

Senza dire nulla, corre a vedere: in plancia c'è solo Janine che gli dà le spalle, aggrappata al timone, ondeggia appena col movimento della ruota, sembra guidare.

Con orrore Jean vede del sangue scorrere lungo la ruota e gocciolare sul pagliolo. Il corpo senza vita di Janine scivola da un lato e si affloscia. Un coltello le sporge in pieno petto, piantato fino all'impugnatura all'altezza del cuore.

I sei superstiti sono terrorizzati. si dividono le razioni di Janine e sembra un rito funebre.

- Ne abbiamo per quindici giorni .- dice Orloff.

Helga ridacchia isterica: quindici giorni? Chi può dirlo...

- Aveva ragione quel bastardo di Prescott: lui sapeva che aveva riunito qui un branco di sciacalli! Credo sia inutile cercare chi è o chi sono gli assassini, vero?

Orloff annuisce: chiunque può uccidere per salvarsi, è una legge di natura. Però loro sono caduti in una trappola mentre Jean e Helene ci si sono ficcati volontariamente. Magari qualche differenza potrebbe farla.

Jean ed Helene stanno sempre insieme, un po' per paura, un po' per amore. Tornano in plancia: il corpo di Janine è stato buttato in mare ma la macchia di sangue scurisce il pagliolo. Jean esamina gli strumenti fracassati: forse uno che avesse studiato fisica potrebbe aggiustarli, magari anche un tecnico saprebbe far qualcosa... ma lui ha una laurea in filosofia e non si è mai preoccupato di sapere come funzionavano le cose che usava: schiacciava pulsanti e basta. In fondo è come una scimmia ammaestrata: ora i pulsanti non funzionano più e lui morirà davanti a quei misteriosi circuiti che forse anche un ragazzotto di un istituto professionale potrebbe riparare.

Guarda il mare e sobbalza: sulla linea dell'orizzonte c'è una nave!

Jean ed Helene urlano di gioia, corrono in coperta e tutti i superstiti si avvicinano alla murata: è una nave! E' proprio una nave!

Eva grida agitando una mano, come se potesse farsi sentire da quella distanza. Orloff cerca di bruciare dei giornali per fare del fumo.

Giò Benelli tira fuori una piccola pistola col manico di madreperla e spara per aria tutto il caricatore.

La nave sfila indifferente e si perde nella foschia oltre l'orizzonte. La delusione è pesante.

Eva guarda Benelli con odio: quella è la sua pistola! Dove l'ha presa? L'ha presa a Janine prima di ammazzarla?

Giò Benelli gliela butta con disprezzo: l'ha trovata nella cabina di Kalantzis e non ha detto niente perché

non sapeva di chi fosse. Se è di Eva allora è lei che ha sparato al greco prima di tagliargli la gola!
Eva raccoglie la propria pistola e guarda Benelli con rabbia:

- Tu me l'hai rubata quella notte che.... - si interrompe e Giò ride.
- Una crisi di pudore? Perché non finisci la frase? Quella notte che ti sei fatta scopare.

Eva se ne va come una furia, seguita da Orloff che la chiama inutilmente.

Helene prende Jean per un braccio e lo tira via. Restano Helga e Giò Benelli.

- A quanto pare dobbiamo fare coppia.... - propone l'uomo con un sorriso, ma Helga è troppo spaventata e scappa via senza rispondere, andandosi a barricare in cabina.

Un'altra notte. Lo yacht alla deriva dondola più forte: si sta alzando il mare.

Jean ed Helene si sono chiusi in cabina. Hanno paura e l'emozione li spinge uno fra le braccia dell'altra. Fanno l'amore.

La luce lunare entra dall'oblò, a tratti cancellata da qualche nuvola scura che corre in cielo spinta dal vento. Helene si alza e va a guardare il cielo, poi chiede a Jean se crede che sia stato quel Giò Benelli ad ammazzare tutti.

Può darsi. E' difficile ricostruire dove fossimo, noi lui e tutti omicidio dopo omicidio.
- O è lui o è Orloff. Direi che le due donne sono escluse, no?

Jean è pensoso: chissà, forse c'è un'altra soluzione.

Qualcuno bussa alla porta della cabina di Helga che impugna le forbici: la sua unica arma. La donna si avvicina all'uscio chiuso, davanti a cui ha ammonticchiato tutto quello che ha in cabina, dai giubbotti salvagente al proprio bagaglio.

- Chi è? - chiede Helga con voce tremante.
- Sono Orloff. Mi apra signora, è importante.
- No. se deve dirmi qualcosa, me la dica da dove sta.
- Mi apra, la prego. Eva vuole che io la ammazzi e prenda le sue razioni. Le ho detto di sì perché quella donna è matta e ha messo dei nuovi proiettili nella sua pistola.

Helga è indecisa. La solitudine le pesa ma la paura di essere uccisa è grande. Decide di rischiare e sposta la roba che ostruisce la porta. Prima di far scorrere il chiavistello detta le sue condizioni:

- Ora apro: lei metta le mani aperte bene avanti, che le veda.- Nessuna risposta.- Ha capito? - Silenzio.

Temendo il peggio, Helga socchiude l'uscio a colpire con le forbici in pugno.

Yuri Orloff le scivola addosso, gli occhi velati dalla morte, la gola recisa che zampilla sangue dalla iugulare. Helga urla, poi ha un conato di vomito e richiude l'uscio appoggiandosi contro.

Eva Schneider con la pistola in pugno si precipita verso Orloff, si china su di lui ma non c'è più nulla da fare. L'uscio della cabina si spalanca e Helga colpisce Eva a colpi di forbici, isterica, fuori di sé. La colpisce dieci, quindi volte, finchè Eva giace a terra sfigurata e in un lago di sangue.

Ci vuole la forza di Jean e di Benelli per disarmare Helga e fermarla. Eva e Orloff sono morti.

Helene guarda i due uomini dal fondo del corridoio: Jean è stato sempre con lei, quindi l'assassino dev'essere Giò Benelli.

- Jean! E' lui l'assassino! E' lui!! - e si scaglia contro Benelli che la ferma con un manrovescio. Jean impugna le forbici di Helga, abbandonando la donna che, ancora in preda alla follìa, fugge urlando lungo il corridoio.

Giò Benelli tira fuori la pistola che fu di Formis e la spiana contro Helene e Jean:

- Io non ho ucciso nessuno e ho fatto incetta di tutte le pistole che ho visto in giro per impedire che qualcuno fosse tentato di sparare a qualcun altro. Pensavo che uccidere uno a coltellate fosse più difficile ma mi sbagliavo. E adesso, lì dentro e alla svelta!

Jean ed Helene devono obbedire: entrano nella cabina di Helga e Giò la chiude a chiave da fuori.
I due giovani restano a fissarsi ansimando, scossi dalla paura che hanno avuto di dover morire.

- Perché non ci ha ammazzato? - balbetta Helene.
Jean tenta di forzare l'uscio: moriranno lo stesso se quel bastardo è andato a rubarsi le loro razioni!

E così è. Quando Jean e Helene riescono a forzare l'uscio della cabina di Helga e a tornare nella loro cabina scoprono che le loro razioni sono scomparse.
La partita con Giò Benelli adesso è davvero mortale.
I due sono stremati dalle emozioni e si addormentano abbracciati.

E' l'alba e lo yacht rolla forte sotto la spinta del vento e delle onde. Helene si sveglia perché il rollio la scaraventa a pagliolo. Jean non c'è. La porta della cabina è aperta e sbatte ad ogni colpo del mare.
Helene si alza e va a frugare nel fondo di un gavone. Prende il coltello da cucina che aveva nascosto lì, lo impugna e si affaccia in corridoio.
Non c'è nessuno. Lo yacht è pieno di rumori dovuti al beccheggio sempre più forte.
Esce in coperta: il cielo è nero e ogni tanto un lampo guizza fra le nuvole.
Il vento è forte e lo yacht corre sulle onde.

Un'onda più alta delle altre investe la fiancata dello yacht ed Helene è sbattuta con violenza contro la battagliola, ma questo movimento le salva la vita perché con un colpo tremendo l'asta di un mezzo marinaio si spezza a pochi centimetri dalla sua testa.

Helga, con la schiuma alla bocca e gli occhi stralunati si appresta a vibrare un secondo colpo ma una nuova ondata le fa perdere l'equilibrio. Helga non riesce ad aggrapparsi a qualcosa, entrambe le mani serrate intorno al bastone, finisce in mare.

Janine vede il corpo di Helga sparire fra la schiuma delle onde.

Si affloscia per riprender fiato.

Ormai lo yacht è una nave fantasma. Non si vede nessuno. Poi un'ombra si staglia per un attimo dietro i vetri della plancia di comando.

Helene si nasconde, poi striscia da quella parte cercando di mantenersi contro le murate.

Arriva a sbirciare in plancia: seduto con la schiena contro la paratia, la pistola in grembo e i piedi sulla ruota del timone cercando di tenerla ferma, Giò Benelli sgranocchia gallette. Tutte le razioni di emergenza giacciono ammucchiate da un lato. Giò guarda il mare. Helene si ritrae. Ha le labbra secche, ha fame e non sa che fare. Jean non si vede. Potrebbe essere già morto.

La donna cerca di agganciare col coltello la retina che racchiude una delle razioni, ma Giò si alza e la donna striscia oltre il vano dell'entrata restando immobile, fuori vista. Dopo un tempo che le sembra lunghissimo, la donna si riaffaccia per riprendere la sua pesca e comincia a tremare: il corpo di Giò

Benelli giace riverso, la testa quasi staccata dal corpo, e il sangue ha già coperto quasi tutto il pavimento!
Helene si alza, coltello in pugno, e si china sul cadavere di Giò sporcandosi di sangue.
Una mano le blocca il polso e glielo torce.
Helene lascia cadere il coltello con un gemito. Jean la sovrasta guardandola con occhi di fuoco: come ha potuto fidarsi di lei sapendo che era una lurida bugiarda e che era salita a bordo con la frode?
Era d'accordo con quel bastardo di suo zio, vero? Però poi gli ha tagliato la gola per ereditare tutto? ma perché gli altri? Perché ammazzare tutta quella gente?

Jean si china a raccogliere il coltello di Helene e la donna ha un guizzo, scivola sul sangue di Giò Benelli e arriva a prendere la sua pistola. La punta contro Jean e spara tre colpi.
Jean lancia un urlo disumano e si avventa contro la donna imbrattata di sangue: cade su di lui con la lama del coltello in avanti e il peso del proprio corpo la spinge in quello della donna che grida, cerca di dibattersi e poi resta immota, gli occhi sbarrati.
I corpi dei due, l'uno sull'altro, seguono il rollare dello yacht in una tragica caricatura di un atto sessuale.

La yacht balla fra le onde.

Sulla barca ci sono solo lo sbattere degli usci e il suono di oggetti che rotolano ora a destra ora a sinistra, seguendo le onde.

Il cadavere di Giò Benelli è scivolato sul suo stesso sangue contro la base della plancia degli strumenti. Ma da sotto la plancia qualcosa si muove: quella che sembrava una paratia fissa si rivela essere una botola. Qualcuno spinge per scostare il cadavere di Benelli. Una mano vecchia, ossuta, artiglia la botola, poi emerge Prescott: impugna un coltello sporco di sangue. Il vecchio si mette in piedi a fatica e guarda Jean ed Helene: sputa per disprezzo.

- Gioventù di merda... - brontola con sarcasmo - ... e vecchi di merda... - si volta per guardare il mare su cui un raggio di sole trae riflessi bellissimi.
- No. Solo vecchi di merda e giovani niente male...- gli sussurra la voce di Jean da dietro la nuca.

Prescott si volta: davanti a lui Jean con la pistola in pugno lo guarda con disgusto.
Anche Helene si sta alzando, rabbrividendo per tutto il sangue di cui è coperta.

Il vecchio Prescott ride. Sembra davvero lieto che i due siano vivi.

- Quando avete capito? - chiede.
- Era difficile credere che lei avesse organizzato un simile spettacolo senza poterselo godere. Difficile credere che l'equipaggio, se lei fosse morto davvero, avrebbe continuato quell'orribile gioco. Così abbiamo deciso che se io e Helene fossimo rimasti gli ultimi vivi sulla nave avremmo inscenato la nostra morte e atteso la sua apparizione.

- Bravi, vi siete fidati l'uno dell'altra. Non lo credevo possibile. Diventerai miliardaria, Helene.

La donna scuote il capo:

- Soldi così sporchi di sangue mi fanno schifo.
- Ti passerà.
- Mi son fidato di Helene quando hanno decapitato Giò Benelli. Lei aveva un coltello in mano ma la lama era pulita. Qualcuno voleva farmi credere che era lei l'assassina.

- Butta il coltello zio e chiama l'equipaggio. Avrai un radiotelefono per farlo,.

Prescott butta il coltello e va a sedersi davanti la plancia. Guarda Helene con tristezza:

- Tu non eri della partita. Tu non c'entravi niente con questa feccia di cui avevo deciso di pulire la Terra. Ma ormai sei qui e andrà come andrà, perché non ho nessun segnale da fare, non c'è nessun equipaggio che aspetta, niente. Credevo che qualcuno di quei bastardi avrebbe fatto fuori tutti e magari si sarebbe salvato, così l'ultimo messaggio partito da questo yacht è stato un SOS in cui dicevo che un pazzo assassino stava uccidendo tutti. Se un bastardo ce l'avesse fatta avrebbe trovato la sedia elettrica pronta. Io ho un cancro qui dentro - e si tocca la testa - e crepèrò presto comunque. Meglio subito, vi pare? - e con un colpo netto si taglia la gola.

Il sangue arterioso schizza fuori con forza mentre il cuore del vecchio si ferma.

Il giorno dopo arriva una vedetta della polizia costiera e un gruppo di uomini armati sale a bordo. solo cadaveri in decomposizione e sangue secco. Anche il cadavere di Prescott è in plancia insieme a quello di Giò Benelli.

Lo yacht viene frugato fin nella stiva, i corpi dei morti ammazzati allineati in coperta.

- Si sono uccisi tutti tra loro, signor comandante.
- L'SOS parlava di un pazzo assassino, almeno lui dovrebbe essere vivo.
- Sarà uno di loro - l'ufficiale indica i cadaveri - o si è buttato in mare. Non c'è nessuno vivo su questa barca. Ma abbiamo trovato questo diario di bordo. - e consegna al comandante un brogliaccio di poche pagine.

Il comandante legge l'ultima pagina in cui Jean Remy scrive che Helene è stata sbalzata in mare dalla tempesta e che lui ha deciso di farla finita.

Lo yacht viene rimorchiato verso il più vicino porto e nessuno si accorge di due figure, un uomo e una donna, in muta da sub, che quando le due navi sono in vista della riva, si staccano dal timone del Revenge per raggiungere la spiaggia a nuoto.

FINE

PUZZLE

Si sfila la camicetta e resta a seno nudo. Poi si leva la gonna e il collant.

E' bellissima, bionda, ritta sul parapetto di un ponte sul Tamigi. I passanti la guardano appena, con indifferenza inglese. Un bobby corre verso di lei agitando il bastone bianco ma non fa in tempo.

La biondissima si tuffa nel fiume con un perfetto volo ad angelo: sul parapetto, accanto, ai suoi vestiti c'è una busta indirizzata a qualcuno.

La faccia di Blair campeggia magra e triste sui cartelli che il corteo di pacifisti agita passando davanti al numero 10 di Downing Street. Alcuni poliziotti scortano il corteo come cani da pastore.

Sul marciapiede di fronte c'è Lloyd, giovanile, elegante, con un gran mazzo di rose. Uno degli agenti lo guarda con sospetto e Lloyd gli sorride accattivante.

Suona il telefono nella cassetta rossa riservata alla polizia e l'agente risponde. Scruta Lloyd annuendo. Riappende e gli si avvicina:

- Lei aspetta una donna bionda per le cinque?

Lloyd guarda l'orologio e annuisce sospirando: sono le cinque e venti, forse non verrà. Fa per andarsene ma l'agente lo ferma: aspetti, qualcuno verrà.

Arriva infatti un'auto della polizia a sirena spiegata. Frena davanti a Lloyd.

Gli agenti saltan giù e lo afferrano per le braccia: la bionda non verrà più, si è suicidata un quarto d'ora prima. Gli buttano le rose in un cesto di rifiuti: quei fiori non sono più adatti alla circostanza.

L'ispettore Baxter di Scotland Yard mostra a Lloyd la busta trovata sul parapetto del ponte. E' indirizzata "All'uomo che mi aspetta alle cinque a Downing Street."

Dentro ci sono poche parole: preferisco morire a modo mio.

Lloyd giura di aver rimorchiato la bionda in mattinata, di avere avuto quell'appuntamento ma di non sapere neppure il suo nome. Non gli credono e lo chiudono in cella nell'attesa che i sommozzatori trovino il corpo della donna nel Tamigi.

Nella cuccetta alta c'è un maniaco della masturbazione, in continua attività sotto la coperta, con riviste pornografiche dappertutto. Lloyd ne prende una e nella pagina delle news c'è una foto della sua bionda, vestita con grande eleganza. Una didascalia la presenta come Mary Morgan, la nipote del famoso gangster Joe Gambino morto ammazzato pochi mesi prima e probabile erede della sua immensa fortuna, anche se nessuno sa il numero esatto dei milioni di dollari.

L'ispettore Baxter butta la rivista in un cestino: Mary Morgan è viva e vegeta e sta partendo per le Hawai'i.

- Adesso, devi vuotare il sacco, amico.

- Non avete trovato il cadavere, perché non può essere Mary Morgan?

- I ricchi si buttano raramente nel Tamigi. - Irrompe un agente ansante:

- Ispettore, i sommozzatori han trovato il corpo.

E' il corpo di una donna bruna grassa e sfatta. I sommozzatori si stanno levando le mute. Baxter alza gli occhi Lloyd che sbuffa irritato: e lui avrebbe aspettato quella con un mazzo di rose?

Baxter gli volta la schiena seccato e Lloyd ne approfitta per buttarsi nel fiume e sparire sott'acqua.

Baxter grida. I sommozzatori si rimettono le mute.

Ma Lloyd si è aggrappato alla poppa di una chiatta ed è già lontano.

C'è un volo per Honolulu, via San Francisco. Mary Morgan sale in prima classe con alcuni accompagnatori.

Lloyd, coi vestiti che gli si sono asciugati addosso, la tien d'occhio e fa il biglietto di turistica per Honolulu, con una certa ansia perché vede un brutto movimento di agenti nella hall.

All'aeroporto di Honolulu, Lloyd cerca di avvicinare Mary ma viene bloccato dalle sue guardie del corpo: miss Morgan non ama i seccatori.

Gli infilano al collo una *lei* di tuberose ma Lloyd non perde di vista Mary Morgan che sta salendo su una

Rolls. Chiama un taxi e si mette nella scia. La Rolls si ferma davanti ad un lussuoso hotel sulla sabbia di Waikiki e il tassista, guardando il dollaro di mancia, sconsiglia a Lloyd di prendere alloggio lì: troppo caro per lui.

Lloyd chiede di miss Morgan al bureau e gli dicono con un sorriso che è atteso al terzo piano.

Atteso? L'han certo scambiato per qualcun altro ma Lloyd approfitta dell'errore.

Un maggiordomo lo guida lungo il corridoio e lo conduce nel salotto di una lussuosa suite. Un minuto dopo Mary si affaccia , gocciolante d'acqua per la doccia, e gli dà un'occhiata di assoluta indifferenza:

- Okay. Può andare. - dice al maggiordomo e sparisce.

- Andare dove?

- La signorina si riferiva alla divisa. -

Lloyd capisce quando lo vestono da autista e la divisa gli sta benissimo.

- Scendi in garage e porta la limo gialla davanti all'ingresso. Quella gialla. Mister Morgan è molto pignolo su queste cose.
- C'è un mister Morgan?-
- Il padre della signorina. -

Un uomo elegante, coi capelli bianchi, bussa ad una delle porte della suite:

- Mary, ti aspetto al bar.

- Faccio in un minuto, papino.- risponde da dentro la voce di Mary in parte soffocata dal peso del corpo nudo dell'uomo di colore che le sta sopra. L'illusione dell'amplesso è breve. Mary trascina il corpo inerte dell'uomo verso una vasca da bagno colma d'acqua e lo immerge. Subito la pelle comincia a stingere e Mary sorride soddisfatta.

- Andiamo ad Hanauma Bay.- gli ordina Morgan, sedendosi con la figlia sui sedili posteriori della limo gialla. Lloyd li controlla attraverso lo specchietto:
- Non sono del posto, signore.-
- Dritto, poi prendi per Diamond Head.

Hanauma Bay è un posto stupendo: l'antico cratere vulcanico invaso dal mare é uno smeraldo incastonato in un mondo di zaffiro.

Lloyd ammira il panorama dall'alto dopo aver parcheggiato la limo in uno dei piazzali e tenendo d'occhio Mary che nuota in quel verde profondo, cento metri più in basso.

La sirena della polizia distrugge l'incanto. Alcune persone corrono verso il ciglio opposto dello strapiombo. Una limousine gialla è cascata di sotto e sta bruciando.

Il corpo dell'autista, senza vita, viene caricato su una barella. Gli stendono sopra un telo. Lo portano su. Un braccio del morto ciondola fuori dalla barella e Lloyd riconosce con sgomento una manica della sua giacca. Solleva il telo, ma il morto ha la faccia bruciata.

- Lei lo conosce?- gli chiede un agente. Lloyd scuote il capo e il poliziotto fruga il cadavere. Trova un passaporto bruciacchiato e legge:

- Lloyd Smith.

Lloyd corre là dove ha parcheggiato la limo ma l'auto non c'è più. Si leva il cappello da autista per grattarsi ma qualcuno ne approfitta per colpirlo alla nuca.

Una sensazione di rosso. Lloyd apre gli occhi e si guarda intorno confuso. La faccia di un cameriere si china su di lui con un vassoio della colazione. Lloyd si porta una mano sulla nuca dolorante.

- Il signore si sente meglio? - si informa premuroso il cameriere posando il vassoio su un tavolino di servizio.

Lloyd annuisce e si passa le mani stupito sul raso del pigiama che indossa, e poi sulle lenzuola di seta nera del letto. C'è una donna nel suo letto, che gli dà la schiena.

Il cameriere ha aperto i tendaggi della finestra e Lloyd si alza e la spalanca per respirare aria fresca e snebbiare la mente. Si blocca a metà respiro, sgranando gli occhi: davanti a lui ci sono i grandi caffè di Via Veneto, a Roma!

Alle sue spalle una voce di donna assonnata gli chiede se nel tè vuole le solite due zollette di zucchero. Lloyd si volta come morso da un cobra: con le zollette in mano, seduta sul letto, Mary Morgan lo sta guardando con aria interrogativa.

Lloyd si precipita verso di lei per afferrarle il polso e rovescia il vassoio della colazione. Il cameriere indietreggia spaventato.

- Ma sei impazzito?- strilla Mary sgrullando via zollette e biscotti e scostando le lenzuola bagnate di tè.

Lloyd cerca di parlare ma la voce lo tradisce per due volte uscendogli in falsetto.

- Quella là fuori è l'Italia: chi, come e perché ce l'ha portato? Chi l'ha colpito in testa ad Honolulu? Perché s'è buttata nel Tamigi dopo essersi fatta rimorchiare? E che ci fa adesso a letto con lui?!

Il cameriere sta asciugando il tè e gli lancia un'occhiata critica. Mary si gonfia di rabbia e invece di rispondere lo assale: se crede di fingersi pazzo per sfuggire alle sue responsabilità , si sbaglia di grosso!

Lloyd si stringe la testa fra le mani.

- Una domanda per volta. Primo: perché sono a Roma?

Mary è proprio arrabbiata perché gli scaraventa addosso il vassoio:
- Tu hai voluto venire, porco! E adesso so perché!
- Allora dimmelo.

Lloyd si costringe ad una gelida calma mentre il cameriere asciuga il tè tutt'intorno.

Mary sembra sul punto di piangere: non è un marito, è un sadico maiale!

- Marito di chi?

Mary cerca qualcosa da tirargli addosso. Il cameriere ritiene di intervenire:

- Se la signora mi permette. Il signor Morgan ha avuto un risveglio piuttosto brusco.
- Dov'è il signor Morgan?- si informa Lloyd.
- Smettila di fare il pazzo! Tanto non attacca! Tu, tu sei lo stramaledetto signor Morgan!-

Lloyd vede un passaporto sul comodino e lo apre: c'è la sua foto e lo spiattella davanti agli occhi del cameriere:

-Legga!

Il cameriere obbedisce paziente: Lloyd Morgan.

Lloyd guarda il passaporto. C'è scritto Lloyd Morgan. Gli vien voglia di scappare e il cameriere gli fa notare che anche un miliardario non può uscire in pigiama.

Lloyd se lo strappa di dosso e si infila il vestito che il cameriere gli porge, minacciando oscure vendette contro quel complotto.

Corre giù nella hall e afferra per la giacca quello del bureau che lo saluta con un "good morning, mister Morgan". Lo scuote e gli ordina di dirgli quando e come è entrato in quell'albergo. L'impiegato balbetta spaventato che è arrivato la sera prima, insieme alla sua signora, un po' brillo, tanto che ci volevano due uomini per tenerlo in piedi.

Il padre di Mary attraversa la hall. Lloyd molla l'impiegato e va a prenderlo per un braccio: perché sua figlia ha inscenato tutta questa assurda commedia?

- Ma chi è quest'energumeno?- protesta l'uomo dai capelli bianchi mentre accorrono due inservienti dell'hotel per calmare Lloyd che continua a scuotere il vecchio.

- Io non ho figlie, signore.
- Senta, mister Morgan...
- Mister Bradbury, prego. Io mi chiamo John Bradbury. Lei sbaglia persona.

Lloyd rinuncia. Esce dall'Excelsior di via Veneto tenendosi una mano sulla nuca.

- Questi miliardari hanno la testa rovinata dagli stravizi. - commenta mister Bradbury.

Lloyd entra nella prima banca che vede. Il cassiere lo guarda con un sorriso professionale. Lloyd gli ha dato il passaporto e una carta di credito.

- Posso riscuotere?
- Ma certo, signor Morgan. Questa è una carta VIP senza limiti di prelievo.
- Ah sì? Allora voglio un milione di dollari.

Il cassiere sorride imbarazzato: vorrà scherzare. Non hanno una cifra simile in cassa.

- Va bene. Allora centomila. Centomila dollari.

Alla sera quando Lloyd torna in hotel è seguito da una fila di fattorini carichi di pacchi e pacchetti. E' su di giri, eccitato. Gli hanno dato centomila dollari e li ha spesi tutti!

Il personale dell'hotel si inchina deferente e Mary gli va incontro nella hall con aria severa:

- Smettila di fare il buffone. In pubblico dobbiamo sembrare uniti.
- Ma certo tesoro. Anzi, ti ho comprato un brillantino da sei carati. Dev'essere in uno di quei pacchi là...-
- Tu hai di nuovo bevuto. - gli sibila Mary.
- Vero. Ho bevuto. Tu vuoi darmela a bere e io ho bevuto. Contenta, cara?

Più tardi, in camera, Lloyd guarda Mary che si spoglia con sapiente lentezza. Quando si infila sotto le lenzuola, è pronto a ficcarcisi anche lui ma si trova isolato dal corpo di lei: il lenzuolo matrimoniale è cucito al centro impedendo il contatto.

- Eh no!- sbotta Lloyd- Tu sei mia moglie e adesso scopi!

Mary lo colpisce a tradimento con una ginocchiata e Lloyd va a rotolare sul tappeto tenendosi l'inguine e mugolando di dolore.

- Comoda la farsa dell'amnesia, vero? Ma io non posso dimenticare Giovanna! Vai da lei se vuoi scopare!

Lloyd scende nella hall e annega la confusione nel whisky, appollaiato su uno degli sgabelli del bar deserto. E' ubriaco e si sfoga col barista che lo ascolta perché è pagato per questo.

Entra una rossa, come un turbine, e lo colpisce con una borsettata alla nuca:

- Brutto cafone stronzo! Approfitti che sono una signora e non ti mando a fare in culo? Mi fai aspettare come una puttana sul marciapiede? e tu passi la notte a riempirti d'alcool come un maiale? Se mi vuoi scaricare basta dirlo, carino, non sei mica l'unico miliardario al mondo, sai!

Lloyd si protegge la nuca e le punta un dito contro, rassegnato:

- Tu sei Giovanna.- indovina.

- Sì, Giovanna. E guardami bene perché è l'ultima volta che mi vedi!- la borsettata colpisce il bicchiere dal basso mandandogli il whisky negli occhi. Loyd urla, accecato.

- Beato lei, mister Morgan, che può far aspettare dei pezzi di donna cosi!- gli sussurra invidioso il barista.

Mary dorme stesa sopra le coperte, con indosso un pesante pigiama di seta.

Due uomini entrano dalla finestra, aiutandosi con una corda e balzano su di lei, imbavagliandola.

Lloyd spalanca la porta con un calcio. E' ubriaco. Vede il trambusto sul letto e ci si tuffa:

- Pistaaa! Io sono il maritooo!- Sente Mary che urla:

- Philip, attento!- e poi più nulla perché uno dei due aggressori lo colpisce alla nuca con un colpo di karate.

Sensazione di rosso. Lloyd apre gli occhi a fatica: a due centimetri dalle sue pupille c'è il bagliore micidiale di un ferro incandescente. Lloyd urla scoprendo di avere le mani legate dietro la schiena. Sfocati nel rosso e nella penombra di una cantina, i volti satanici dei due aggressori.

- Qual è il numero?- gli chiede minaccioso quello col ferro rovente in pugno, pronto a conficcarglielo in un occhio.
- Diglielo, caro!

La voce accorata di Mary gli fa volgere la testa da quella parte. Mary, in pigiama, è legata ad una botte e lo guarda supplichevole.

Lloyd urla: lui non è Morgan e non sa niente di niente. L'uomo col ferro rovente annuisce, abbassando l'arma:

- Lo sappiamo che non sei Morgan.

Lloyd sospira di sollievo: finalmente. Ma il ferro torna minaccioso vicino ai suoi occhi:

- Tu sei quel porco bastardo di Philip!- ruggisce minacciosissimo l'aguzzino e Lloyd sente lo stomaco contrarsi d'angoscia.
- Chi è Philip?- balbetta. Il ferro rovente gli tocca il petto e Lloyd urla come una bestia.
- Philip, caro - geme Mary - questi sono Rik e Herman, è inutile mentire!
- Maledetta schifosa, sei tu che ti inventi questi incubi!-

Il ferro rovente si sposta ora verso la faccia terrorizzata di Mary.

- Chi ha ucciso Gordon?- chiede Herman.

- E' stato lui, Philip...- risponde tremando la donna- e forse ha ucciso anche mio cugino, il vero Lloyd Morgan.

Il ferro rovente torna a piantarsi nel petto di Lloyd che spalanca la bocca e sviene, crollando sul pavimento.

I due aguzzini lo guardano con disprezzo, poi Herman dice a Mary:

- Quando rinviene convincilo a spifferare tutto. Ha ammazzato Gordon e dovremo ucciderlo. Ma se collabora gli spareremo un buon colpo di pistola in testa e tutto finirà subito. E tu non fare la furba altrimenti farai la stessa fine.

I due se ne vanno chiudendo la pesante porta a chiave. Mary chiama Lloyd con grande tenerezza e l'uomo torna in sé sussurrandole insulti brucianti.

Mary conviene sulla giustezza della sua indignazione e lo prega di avvicinarsi a lei e cercare di liberarla rodendo coi denti la corda che la serra alla botte, intanto lei gli spiegherà la situazione.

Lloyd non vorrebbe obbedire ma il ricordo dei due aguzzini lo convince ad affrettarsi Mentre lui rosicchia la corda, Mary parla: tutto è cominciato con la morte di suo zio, il famoso gangster Joe Gambino. La sua immensa fortuna è depositata su un conto segreto in una banca di Ginevra, in Svizzera. Per riscuotere bisogna sapere il numero del conto e, a quanto pare, il vecchio Joe è morto senza dirlo a nessuno. Gli eredi naturali sono soltanto due: lei e un suo cugino londinese che non ha mai veduto e che si chiama Lloyd Morgan. Ma quelli che si credono in diritto di ereditare la fortuna del gangster sono assai di più, tutta la gang che si è divisa in due gruppi in lotta fra di loro.

La corda cede. Lloyd sputa canapa disgustato mentre Mary si spoglia, rovescia il pigiama che diventa un abito da sera e si mette lenti verdi negli occhi. Da una tasca prende una parrucca scura e se la calca sul capo.

Lloyd guarda allibito quel cambiamento che ora Mary perfeziona con un colpo di cipria scura sul viso.
- Che fai adesso?
- Divento Virginia. In bruno mi conoscono come una del gruppo di Chicago.

Lloyd rinuncia e si volta porgendole i. polsi legati dietro la schiena per essere liberato. Ma Mary non ci. pensa proprio e si allontana cercando qualcosa in cui specchiarsi per controllare la sua metamorfosi.

Lloyd la segue camminando all'indietro ma si sente la chiave girare nella toppa.

Mary dice in fretta a Loyd:
- Se vuoi salvarti devi dire che sei Gerard, il fratello di Gordon. Loro non lo conoscono. Quelli di Chicago usano un codice per riconoscersi e loro non sanno nemmeno quello. Basta che rispondi cose senza senso. Al resto penso io.

Mary si ritira nell'ombra mentre Rik ed Herman scendono la scala della cantina e poi sgattaiola verso l'uscita mentre i due gangster imprecano davanti alla botte e alla corda spezzata. Uno dei due afferra Lloyd e lo solleva furibondo: adesso gli schiaccerà quella sua testa di cazzo come se fosse una noce.

Qualcuno batte colpi convenzionali sulla porta della cantina. Rik va a vedere, pistola in pugno.

- Sono io, Virginia.- dice Mary bruna, sgranando i suoi nuovi occhi verdi. La fanno entrare bestemmiando contro la fuga di Mary, ben decisi a far fuori Lloyd che supplica:

- Basta! Non so più niente. Ho la testa dome un pallone. - Mary afferra la mano di Rik abbassandogli la pistola:

- I pesci hanno otto gambe.

Lloyd guarda Mary disperato e continua in follia:

- Non si può navigare senza l'ombrello.
- E' il nostro codice segreto. Chi sei?

Lloyd chiude gli occhi rassegnato e ammette:

- Sono Gerard.
- Il fratello di Gordon!

Esclamazioni di sorpresa generale e Mary dh le spiegazioni che dovrebbe dare Lloyd che così può limitarsi ad annuire:

- Philip ha ucciso tuo fratello e tu hai ammazzato lui e ne hai preso il posto a fianco di Mary Morgan, vero?

- Vero.

Mary si volge verso Rik ed Herman, ancora perplessi: che aspettano a slegare Gerard e a dargli qualcosa da bere? Ha sopportato anche la tortura pur di non tradirsi davanti a Mary!

Rik libera Lloyd ed Herman gli stappa una birra coi denti.

- Qual'è il tuo piano, adesso?- gli chiede dandogli la bottiglia. Lloyd beve per prendere tempo. Ha bisogno di tanto tempo e non si stacca mai dalla bottiglia diventando paonazzo. Mary interviene ancora:

- Starai con Mary finché non scopri se sa il numero del conto.
-Ovviamente.- rigurgita birra e aria il povero Lloyd del tutto rimbambito.
- Già, ma e Biggle?- chiede pensoso Rik.
- Biggle?- ripete disperato Lloyd guardando Mary che si stringe nelle spalle:

- Finché Biggle non scopre quello che è successo a Philip, Gerard non corre pericoli.

Lloyd annuisce convinto: ovvio! e ora è meglio che torni in hotel. Dirà a Mary di essere riuscito a fuggire anche lui.

Felice, tenendosi lo stomaco ustionato, Lloyd esce da quella maledetta cantina e saluta i suoi due aguzzini. Un attimo dopo crepitano i mitra: da un'auto scendono due killer che falciano Rik ed Herman. Afferrano Mary per i riccioli bruni e resta loro in mano la parrucca. Lacrime rigano di chiaro la cipria scura del volto della donna.

Mary viene buttata ai piedi di Biggle: una montagna di carne di duecento chili masticante un cosciotto l'agnello.

- Così ti eri messa con Rik ed Herman.
- No. Altrimenti perché mi sarei travestita? Loro mi credevano una del gruppo di Chicago.
- Interessante. E perché?
- Volevo sapere se avevano trovato il cugino di Londra e se lui sapeva il numero.
- Poi saresti subito venuta a dirlo a zio Biggle, vero?

Mary annuisce. Biggle le tende il cosciotto di abbacchio e la donna ne stacca un morso senza alzarsi dal pavimento. Biggle le gratta la testa con le dita unte, come se fosse un cane.

- Puoi alzarti. La prossima volta ti farò stendere per sempre. Sai, ho parlato col cuginetto inglese e lui dice che il numero puoi saperlo solo tu perché il vecchio Joe voleva bene solo a te.

- Se lo sapessi non starei a Roma a farmi massacrare!

Biggle mastica un buon boccone poi annuisce. Vuole avere fiducia in lei, per ora può andare ma non cerchi mai di fregarlo altrimenti la cambierà in una povera storpia costretta a chiedere l'elemosina agli angoli delle strade.

Mary torna in hotel che ancora trema di paura e racconta a Lloyd quello che è successo: aveva ragione Bradbury, non ce la farà mai contro quella gente!

Lloyd la stacca da sé:

- Bradbury è quello che recitava la parte di suo padre?

Mary annuisce: è un detective privato a cui aveva dato l'incarico di trovare il cugino Lloyd Morgan che dalla morte di zio Joe è scomparso nel nulla. Ma il buon Bradbury non ci riuscì e così quando lui le si presentò per strada come Lloyd Smith le sembrò un segno del destino. Lloyd non è un nome tanto comune e se avessero pensato che lei aveva sposato il cugino forse qualcosa si sarebbe mosso.

- E tutti quei Gerard, Philip, Gordon?

- Gordon partì subito per Londra alla morte di zio Joe per cercare Lloyd Morgan e chissà che non l'abbia trovato e magari ucciso. Philip era un uomo di Biggle, anche lui cercava Lloyd Morgan e si è scontrato con Gordon e lo ha ammazzato. Poi qualcuno ha ucciso Philip e me l'ha messo in camera mia nell'hotel di Honolulu, tinto di scuro non so perché. Allora abbiamo deciso, io e Bradbury, di far finta che eri morto tu al suo posto.

- Ma perché?- Mary alza le spalle:
- Bradbury dice che quando non si sa dove e chi colpire bisogna dare dei colpi al buio sperando che qualcuno si tradisca. Se mio zio Joe ha detto a qualcuno il numero di quel conto deve saltar fuori.

- Senti, ma tuo zio Joe era in buoni rapporti con quel tuo cugino londinese?

- Buoni rapporti? Credo che non l'abbia mai visto. Neanch'io l'ho mai visto.

- Ah. Figuriamoci allora se gli ha dato quel numero. C'è una sola persona che può saperlo: tu.

Mary sospira: anche Biggle la pensa cosi, peccato che lei invece non lo sappia.

- Forse lo sai e non sai di saperlo. Magari l'ha lasciato scritto da qualche parte.
- Zio Joe non sapeva scrivere. Davvero, non ha mai imparato.-
- Cosa ha fatto per te?
- Tutto. Mia madre morì di parto, mio padre se ne andò che avevo un anno. Lo zio Joe mi ha pagato il collegio, gli alberghi, i viaggi, i gioielli, la macchina... e i vestiti! Aveva un debole per i vestiti. Me ne avrà regalati mille, tanti che non ho mai potuto metterli tutti.-

Lloyd fa schioccare le dita: potrebbe esserci un biglietto in uno di quei vestiti. Dove sono?

Mary alza le spalle: quelli che non ha mai messo li ha lasciati un po' qui un po' là nelle varie ville che Joe aveva negli Stati Uniti e che sono state tutte sequestrate dalla polizia. Molti sono rimasti nella casa di Ginevra, l'unico posto dove la polizia americana non è arrivata.

- Allora è là che devi cercare.

Mary lo guarda fiduciosa: sì, forse ha ragione. E' stanca e stressata, ha solo voglia di lasciarsi andare e dimenticare quel maledetto denaro.

- Quanto sarà?

- Sette, otto milioni di dollari.
- Difficile da dimenticare. - sorride Loyd baciando Mary che si avvinghia a lui.

✳✳✳

La Svizzera con le sue montagne innevate, i suoi boschi, le ville coi tetti a punta. Mary e Lloyd arrivano con un'auto presa a nolo, davanti a una casa circondata da un parco.

Mary apre il cancello, ma la porta d'ingresso non è chiusa. Lloyd spinge l'uscio con cautela: dentro non c'è nessuno ma tutto è stato sventrato, perfino la carta da parati sventola strappata dai muri e sui pavimenti ci sono dozzine di vestiti da donna lacerati.

Mary scoppia a piangere e Lloyd la stringe fra le braccia.

Due ore dopo la casa ha già un altro aspetto, Lloyd ha raccolto i vestiti e li ha ammucchiati negli armadi, ha rimesso i mobili in piedi e sistemato un letto. Mary sta facendo la doccia e oltre la tenda di plastica vede una figura d'uomo:

- Che fai? Ti piace Spiare?- scherza credendo che sia Lloyd ma la rasoiata che squarcia la tenda di plastica la fa urlare di terrore:

Jack, uno degli uomini di Biggle, la accarezza con il piatto del rasoio sulla pelle bagnata:

- Il numero, piccola, o la prossima volta la tua pelle. Così!- la avvolge nella tenda di plastica e poi la squarcia senza ferirla, con colpi fulminei. Mary non riesce più a smettere di urlare, isterica.

Lloyd arriva correndo e vede Jack saltare dalla finestra. Gli si butta dietro, rotolano insieme sull'erba del parco. Jack lo ferisce ad una gamba col rasoio, guadagna preziosi secondi e riesce a saltare sulla moto che ha lasciato in un cespuglio e a fuggire. Lloyd corre alla macchina e inizia l'inseguimento.

Jack ferma la moto a fianco di una grossa Mercedes nera. Sui sedili posteriori, l'immensa mole di Biggle. Scendono due uomini col mitra spianato e Lloyd arriva in velocità, costretto ad una gran frenata.

I due alzano i mitra e stanno per far fuoco. Per Lloyd sembra finita. Ma Lloyd scende infuriato dalla sua auto e va dritto da Biggle, puntandogli un dito contro:

- Abbiamo fatto un patto, sì o no?- Biggle lo guarda sardonico:

- I miei amici non si fidano.-

Lloyd guarda Jack e gli altri con disprezzo: quelli sono dei poveri di spirito.

- Mary Morgan non conosce quel numero, però potrebbe ricordare qualcosa, da un momento all'altro, che permetterà di arrivarci. Che senso ha terrorizzarla?

Jack interloquisce: e chi garantisce loro che una volta saputo il numero lui starà ai patti? Lloyd alza le spalle:

- Nessuno, però è l'unica speranza. Lavorarsi Mary Morgan con le buone.

Mary si è avvolta in un accappatoio e sta ancora tremando quando Lloyd rientra nella villa e la prende fra le braccia. Lloyd le dice che purtroppo non è riuscito a raggiungere quel bastardo col rasoio.

Mary vede il sangue che gli cola dalla ferita alla gamba e gliela fascia con cura amorevole..

Suona il telefono. Lloyd solleva il ricevitore:

- E' una ditta di mobili. Dice che hai chiesto un preventivo.

Mary prende il telefono e ascolta: una voce le dice che l'uomo che le sta a fianco è suo cugino Lloyd Morgan e che si finge innamorato solo per arrivare al famoso numero segreto del conto in banca.

Mary posa il ricevitore e guarda Lloyd che le sorride: qualcosa non va? Mary annuisce:

- Sono proprio stupida. Altro che segno che destino. Tu sei Lloyd Morgan, il mio caro cugino londinese. E mi stai appresso perché vuoi i soldi dello zio Joe. Bene, puoi andartene perché io quel numero non lo so e non lo voglio più sapere!-

Mary scaraventa addosso a Lloyd il lume che ha sul comodino e poi lo colpisce con una gragnuola di pugni.

- Nega, vigliacco, nega se ne hai il coraggio!-

Lloyd la blocca gridandole che è vero: lui è suo cugino Lloyd Morgan e quando l'ha avvicinata era convinto che lei avesse il numero del conto. Quello voleva e nient'altro. Ma adesso si è innamorato di lei. Le sembra così strano?

Mary si calma e lo guarda incerta: non sarà tanto ignobile da ricorrere al sentimento!

Lloyd la lascia e si alza:

- Quando mi resi conto dei pericoli e della gente con cui aveva a che fare, ho cercato di giocare d'astuzia.

Tra i gruppi di gangster in lotta fra loro per quell'eredità, il più temibile gli parve quello di Biggle, così cerco di mettersi d'accordo con loro convincendoli a non farle del male con la promessa di farsi dire il numero del conto e poi dividere con loro. Ma tutti sanno che e' una balla: quel grappolo di assassini non esiterà ad ucciderli entrambi qualora non fossero più utili.

Dei rumori dal piano di sotto. Lloyd dice a Mary di non muoversi e scende le scale buie.

Si accendono d'improvviso le luci: Biggle, Jack e gli altri lo tengono sotto tiro coi loro mitra. Biggle sorride: gli amici lo hanno convinto a stargli vicino. Lo sa o no questo benedetto numero?

Lloyd li invita a parlare piano perché Mary si è appena addormentata. Se non si fidano di lui, padronissimi di fare quello che vogliono ma i soldi resteranno per sempre nella banca svizzera.

- Poi vorrei sapere chi è quello stronzo che ha telefonato a Mary dicendole che io sono Lloyd Morgan. Ci è voluta tutta la mia abilità per riconquistare un po' della sua fiducia.

Biggle guarda i suoi che sembrano stupiti.

- Il tuo gioco diventa sempre più difficile, Lloyd.- sospira Biggle - ma ti voglio dare ancora 24 ore. A proposito Jack, fagli vedere la 24 ore.-

Jack butta a Lloyd una valigetta nera. Biggle gli sorride:

- Aprila.

Lloyd la apre con circospezione e il ciccione ride:

-Non penserai che vogliamo saltare per aria tutti insieme, vero? C'è un doppio fondo nella valigetta con una carica di plastico e un timer. Adesso il timer è staccato, ma non lo sarà quando, dopo aver saputo il numero del conto, la darai a Mary per metterci la sua parte di soldi.

Lloyd sogghigna: quella è un'ottima idea. E gli ributta la valigia.

Biggle sospira: finalmente ha la sua approvazione. Ne è contento. Comunque il suo tempo massimo resta quello: 24 ore.

I gangster se ne vanno e Lloyd torna su da Mary che lo attende al buio, rannicchiata sul letto. Lloyd le dice dell'ultimatum di Biggle. Devono trovare quel numero oppure inventarne uno.

Mary si aggrappa a lui; quel numero non lo sa, deve crederle! Lo zio Joe le diceva sempre che quei soldi erano suoi perché quel conto in Svizzera gliel'aveva fatto su misura. Ma non le ha mai detto il numero, non pensava di morire così presto!

Lloyd resta un attimo pensieroso, poi qualcosa scatta nel suo cervello. Spalanca uno degli armadi in qui ha ammassato i vestiti stracciati: su misura!

-Come faceva lo zio Joe a farti tanti vestiti che non potevi certo provare?
- Aveva le mie misure...- Mary si rende conto dell'idea che ha avuto Lloyd e si blocca.
- Mio dio! Le mie misure!
- Ma certo, Mary! Le tue misure sono il numero del conto!- Mary indietreggia perplessa e Lloyd sorride:
- Mary, sono stato io ad avere l'idea E ancora non ti fidi? Guarda che basta il tuo cadavere per avere le tue misure.-
Mary rabbrividisce e Lloyd la abbraccia felice:

- Preferisce fidarti di me o di Biggle?

- 84 61 84 - sussurra

Lloyd la bacia. Adesso devono far presto e lasciare la villa senza che Biggle e i suoi sicari se ne accorgano. La macchina forse è meglio lasciarla dove sta. Bisogna accertarsi che la strada sia libera.

Lloyd va a dare un'occhiata in giardino. Mary lo supplica di fare presto. Ma appena Lloyd esce dalla villa, la donna alza il ricevitore del telefono e chiama Bradbury a Londra.

Le risponde una segretaria e Mary la prega di riferire a mister Bradbury che lo attenderà l'indomani mattina davanti alla Banca di Ginevra coi biglietti per l'Australia. E' questione di vita o di morte. Riattacca. Tutto è buio e silenzio.

Un cigolio, una porta che sbatte. Mary esce nel corridoio, in apprensione. La porta del guardaroba si muove. Mary si avvicina, poi di colpo la spalanca: il cadavere di uno degli uomini di Biggle le cade addosso. Mary urla.

Lloyd e Biggle irrompono contemporaneamente nella hall della villa. Biggle ha in mano una pistola e ansima per la fatica di muovere in fretta il suo grosso corpo, ma mostra un'agilità insospettata.

Mary scappa attraverso le cucine e Biggle le spara. La donna inciampa nel tavolo e si aggrappa allo sportellone del forno che si spalanca: scivola fuori Jack con un coltello da cucina piantato nella gola. E' ancora vivo e gorgoglia sangue.

Mary ha una crisi isterica e grida a Lloyd e a Biggle di smetterla con quell'orribile strage.

- Il maledetto numero è 84 61 84! - urla.

Lloyd si butta sulla donna ed evita così la pistolettata di Biggle.. Tira fuiori un revolver ma Biggle se la dà gambe.

Aiuta Mary ad alzarsi che piange:

-Li hai ammazzati tu?

-Cazzo, Mary, come pupi credermil capace di così orribili delitti?

Mary singhiozza:

- Perchè tu sapevi giàil numero e ha cercato di uccidere tutti!

Lloyd sente il rumore di un motore provenire da fuori:

- Biggle se ne sta andando!

Lascia Mary e si butta all'inseguimento. Mary si calma, scavalca il corpo di Jack per uscire. La mano del moribondo le artiglia la caviglia. Negli occhi di Jack c'è la voglia di dirle qualcosa ma non ce la fa e muore.

Mary deve aprirgli la mano per poter uscire nel buio del giardino.

Un colpo di pistola. Un'orribile schianto e un fuoco divampa oltre i cespugli.

Mary corre verso la macchina e passa accanto al corpo di Biggle fracassato, insieme alla moto che cavalcava, contro uno dei pilastri del cancello.

Mary sale sull'auto e avvia. Lloyd la chiama, sbucando dal buio con la pistola in pugno ma Mary accelera e lo travolgerebbe se non si buttasse di lato.

***

Sono le nove d'un mattino nebbioso sul lago di Ginevra. Bradbury, inappuntabile nel vestire, coi capelli bianchi ben pettinati, sta attendendo davanti alla sede di una grande banca con una valigetta 24 ore in mano.

Mary accosta l'auto a un marciapiede e corre verso di lui:

- Presto! Un assassino mi sta cercando!

I due entrano nella severa quiete della banca e Mary va alla cassa: presenta i suoi documenti e dice il numero del conto:

 - Conto 84 61 84, contanti. Tutto.

Il numero magico le apre le porte della ricchezza. Dopo qualche minuto si vede contare l'uno sull'altro cinque milioni di franchi svizzeri.

Il direttore è tanto gentile da offrirle una borsa sufficiente poiché la 24 ore di Bradbury è un po' piccola. Bradbury passa a Mary la 24 ore: dentro ci sono già i biglietti per l'Australia e prende la grande borsa di tela gonfia di denaro.

I due escono dalla banca proprio quando Lloyd arriva con un taxi. Salta in strada chiamando Mary che lo indica a Bradbury:

- E' lui l'assassino!

Bradbury si mette a correre. Mary non riesce a stargli dietro. Lloyd la supera inseguendo Bradbury e Mary gli tira dietro la 24 ore, gridando:

- Non avrai mai quei soldi, assassino!-

Bradbury travolge un passante, si volta e spara contro Lloyd tutto il caricatore della sua pistola. La gente urla spaventata. Loyd zoppica, ferito ad una gamba. Tira fuori un revolver e spara. Un colpo solo e Bradbury si arresta centrato in pieno. Crolla sulle ginocchia, quasi sul greto del lago.

Arrivano macchine piene di poliziotti e Mary strilla:

- L'ha ucciso! L'ha ucciso!-

Un agente spara contro Lloyd che preferisce tuffarsi nel lago. Gli altri poliziotti sparano a casaccio nell'acqua limacciosa ma Lloyd non riemerge.

Intanto Mary si è inginocchiata accanto a Bradbury che sta morendo. Piange e dice agli agenti che l'assassino è suo cugino Lloyd Morgan.

Il poliziotto controlla i documenti che stanno in una tasca di Bradbury:

- E' questo Lloyd Morgan, signorina.

Mary guarda Bradbury che annuisce. Un boato. E' scoppiata la valigetta 24 ore che Bradbury aveva dato a Mary che ora guarda il passaporto col nome di Lloyd Morgan e la foto di quello che ha sempre creduto essere Bradbury e poi barcolla verso il lago:

- Ma allora... oh mio, dio! Lloyd o come cavolo ti chiami vieni fuoriiii!- ma le acque del lago restano immote.

***

NewYork, uffici del FBI.

La borsa coi cinque milioni di franchi svizzeri è aperta sul tavolo di un funzionario.

- E' una gran bella vista.- commenta l'agente federale sogghignando.

- Mi lascerete qualcosa? - chiede sospirando Mary.
- Hai diritto al venti per cento, cara. diritto di recupero.

Mary si volge di scatto, dietro a lei, sorridente, con una caviglia ingessata, c'è Lloyd.

Mary lancia un grido di gioia e corre ad abbracciarlo. Lloyd la bacia. Il funzionario dell'FBI gli batte una mano su una spalla:

- Mortimer, quando hai finito passa dal capo. Ha un nuovo incarico.
Mary si stacca da Lloyd e lo guarda incerta:

- Mortimer..?

Lloyd annuisce triste:

- E' brutto lo so, ma per un po' dovrai chiamarmi così. Me l'ha messo mamma il giorno del battesimo.

FINE

INDICE

Film gialli e polizieschi dello stesso Autore:

LIBIDO - regia di Ernesto Gastaldi e Vittorio Salerno con Mara Maryl, Giancarlo Giannini, Dominique Boschero e Alan Collins.

IL DOLCE CORPO DI DEBORAH – regia Romolo Guerruieri con Carrol, Baker e Jean Sorel

COSI' DOLCE, COSI' PERVERSA- regia Umberto Lenzi con Carrol Bakr e Jean Louis Trintignant

DELITTO QUASI PERFETTO (The Almost Perfect Crime) – regia Mario Camerini con Philippe LeRoy e Pamela Tiffin

TROPPO PER VIVERE, POCO PER MORIRE – regia di Michele Lupo con Claudio Brook, Danbiela Bianchi e Sidney Chaplin

DIAMANTI A COLAZIONE (Diamond for Breakfast)– regia di Christopher Morahan con Marcello Mastroianni e Rita Tushingham

LO STRANO VIZIO DELLA SIGNORA WARDH (Blade of the Ripper)– regia Sergio Martino con George Hilton ed Edwige Fenech

LE FOTO PROIBITE DI UNA SIGNORA PERBENE (Forbidden Photos of a Lady Above Suspicion) – regia di Luciano Ercoli con Dagmar Lassander e Per Paolo Capponi

LAMORTE CAMMINA CON I TACCHI ALTI- regia di Luciano Ercoli con Frank Wolff e Nives Navarro

LA CODA DELLO SCORPIONE – regia di Sergio Martino con George Hilton e Anita Strindberg

TUTTI I COLORI DEL BUIO – regia Sergio Martino con George Hilton ed Edwige Fenech

IL TUO VIZIO E' UNA STANZA CHIUSA E SOLO IO NE HO LA CHIAVE (Your Vice Is a Locked Room ans Only I Have the Key) – regia di Sergio Martino con Edwihe Fenech, Anita Strindberg e Luigi Pistilli

PERCHE' QUELLE STRANE GOCCE DI SANGUE SUL CORPO DI JENNIFER? (The Case of Bloody Iris)- regia di Giuliano Carnimeo con Edwige Fenech, George Hilton e Anna bella Incointrera.

LA MORTE CAMMINA A MEZZANOTTE (Death Walks at Midnight)– regia di Luciano Ercoli con Nives Navarro e Simon Andreu

I CORPI PRESENTANO TRACCE DI VIOLENZA CARNALE (Torso) – regia di Sergio Martino con Luc Merenda, Suzy Kendall e Tina Aumont

MILANO TREMA: LA POLIZIA VUOLE GIUSTIZIA -regia di Sergio Martino con Luc Merenda, Richard Conte e Martine Brochard

TROPPO RISCHIO PER UN UOMO SOLO – regia di Luciano Ercoli con Giuliano Gemma e Nives Navarro

MILANO ODIA. LA POLIZIA NON PUO' SPARARE (Almost Human)– regia di Umberto Lenzi con Tomas Milian, Henry Silva e Laura Belli

L'UOMO SENZA MEMORIA – regia di Duccio Tessari con Luc Merenda, Senta Berger e Umberto Orsini

LA PUPA DEL GANGSTER – regia di Giorgio Capitani con Sofia Loren, Marcello Mastroianni e Aldoi Maccione

LA CITTA' GIOCA D'AZZARDO (Gambling City)-regia di Sergio Martino con Luc Merenda, Corado Pani ed Enrico Maria Salerno

MORTE SOSPETTA DI UNA MINORENNE (The Suspicous Death of a Minor)– regia di Sergio Martino con Mel Ferrer, Claudo Cassinelli e Lia Tanzi

LA CITTA' SCONVOLTA: CACCIA SPIETATA AI RAPITORI (Kidnap Syndacate) – regia di Fernando DiLeo con James Mason e Luc Merenda

LA STRANA STORIA DI OLGA "O" – regia di Antonio Bonifacio con Serena Grandi e Serena Poggi

Romanzi gialli

A come Assassino (ed. USA "A for Assassin")

Sangue in tasca (ed. USA "Blood in Your Pocket")

CU2O - il terzo anello

La gelida fiamma della paura

https://www.ernestogastaldi.com

www.ingramcontent.com/pod-product-compliance
Lightning Source LLC
Chambersburg PA
CBHW050403030726
47503CB00006B/2002